U0686500

書千古

姚岚 —— 著

经济日报
出版社

图书在版编目（CIP）数据

书千古 / 姚岚著. -- 北京：经济日报出版社，
2021.10
　　ISBN 978-7-5196-0939-9

　　Ⅰ.①书… Ⅱ.①姚… Ⅲ.①散文集-中国-当代
Ⅳ.①I267

中国版本图书馆 CIP 数据核字（2021）第 188192 号

书千古

作　　者	姚　岚
责任编辑	王　含
责任校对	蒋　佳
出版发行	经济日报出版社
地　　址	北京市西城区白纸坊东街 2 号（邮政编码：100054）
电　　话	010-63567684（总编室）
	010-63584556　63567691（财经编辑部）
	010-63567687（企业与企业家史编辑部）
	010-63567683（经济与管理学术编辑部）
	010-63538621　63567692（发行部）
网　　址	www.edpbook.com.cn
E－mail	edpbook@126.com
经　　销	全国新华书店
印　　刷	成都兴怡包装装潢有限公司
开　　本	880mm×1230mm　1/32
印　　张	8.75
字　　数	200 千字
版　　次	2022 年 1 月第一版
印　　次	2022 年 1 月第一次印刷
书　　号	ISBN 978-7-5196-0939-9
定　　价	68.00 元

版权所有　盗版必究　印装有误　负责调换

自 序

书千古

　　光阴如白驹过隙，转瞬一个春秋，再转瞬又一个春秋，来不及清理满园的枯枝，却不得不捡拾一地落花……人生就是这样，在庸庸碌碌、繁繁琐琐中，有时只顾往前径走、奔跑、追赶，却几乎抽不出时间回顾和反省。

　　这是我的第二本散文集，篇目并不多。尽管在文联上班，但我业余时间也很紧张。于工作于家务，我都是一个闲不住的人。自1997年以来，20余年，我都在干着自己感兴趣的事，从三尺讲台跳到新闻战线，再从新闻战线转战到文艺界，写写编编，近些年又在朋友的带动下拿起画笔。诗歌、散文、小说、报告文学、公文……杂七杂八，样样蜻蜓点水，文章不见精彩，画画也才刚刚入门。但比起那些坐着八小时苛刻板凳的人们，不能不说我很幸运，尽管一路磕磕绊绊，但毕竟是在缓慢前行。回想起来，这得感谢诸多在我人生之路上赏识我的领导和前辈，也该感谢支持我的家人和文艺界的许多朋友们。

　　自2008年散文集《风景无价》出版之后，转而完成长篇小说《留守》和若干中短篇小说，还有一些任务性的报告文学。无论是小说创作还是报告文学，都需要花费大量的时间。尤其小说这种文体，想写篇精品特别不容易，是需要认真构思的，还得有丰厚的生活积累。

这自然也不是我疏于写作散文的理由。但无论哪种文体，我都是很认真地对待，有如方外人，绝不打诳语，绝不无病呻吟。尽管多次因文而惹是非，但我还是坚信自己的为人为文之理念，说真话办实事，努力做到对社会有益，对他人有用，对得起自己的"良知"。正如书法大家冯仲华先生所说的那样："作文写字不是作名利，应是写千古。"

我离开皖江边的"谐水湾"，入住大湖边的"锦绣人家"，已经一年了。选一个山清水秀之地，有一间宽敞的书房画室，安顿自己疲惫的身心，日日遨游于书海文渊、种菜养花，赏心悦目地度过即将到来的退休岁月，这是我很多年前的愿望。过去的书房名"兰园"，而今自号"三和园"。静谧的三和园里，书香、墨香、茶香、花香，日夕漫溢，虽处喧嚣闹市，无山水之娱，但于我，足矣。9岁的时候，为一本《小八路》连环画，坐在村头路口企盼着赶集父亲的归来，等了足足大半天。那是我整个小学、初中时候唯一一本课外书啊。几十年过去，国家的文明与富强，时代的发展和进步，惠及我们这些普通民众，思前想后，唯剩感恩。

这一年来，我一直在反省着自己，也在梳理我的过往，闲暇也趁机将自己12年来的散文搜集整理出来。回顾这12年，我欣喜地看到了我国从经济危机的低谷中复苏，市场经济从纷乱走向规范，广袤农村已经从贫穷走向富裕，社会和谐而文明，国家富强而美丽……党中央英明决策和正确指引，让我和大多数作家一样，通过学习学习再学习，从迷茫徘徊走向清醒和自觉，明确了我们的笔触应该伸向哪里，我们的鼓点与呼声应该为谁。

雾散去，就是一个晴天丽日。

文章千古事，得失寸心知。为人为文，我依然"不忘初心"，心存梦想，即使还有很大差距，即使步履蹒跚，但仍然要努力向前。

一支秃笔
写尽春秋
丁酉秋
如意

　　文章千古事，得失寸心知。为人为文，我依然"不忘初心"，心存梦想，即使还有很大差距，即使步履蹒跚，但仍然要努力向前。

目 录 Contents

第一辑 屐 痕

第一辑

屐痕

SHUQIANGU

书　千　古

　　窗帘也透过与城里不一样的熹微，静谧里除了那不息的水声，我还能听见自己的心跳。这是一个安静祥和的凌晨，是皖山腹地五庙乡一个普通的初夏的清晨。

迎江琐记

在安庆迎江的版图上，长江与沿江路、人民路、华中路、菱湖南路、皖江大道横贯西东，就像几根大动脉日夜奔腾不息，让我真切地感受着安庆城迅速成长的脉动。

从临湖到滨江

我平生好水，自小生于水乡，嫁于水乡，又居于水乡。这辈子就爱逐水而居。皖江之滨的安庆，滨江纳湖，做迎江区的子民，最大限度地满足了我对"水"的渴望。

早先与菱湖公园为邻，朝赏满湖清荷，红日映莲；暮看黄发垂髫，悠游嬉戏。儿童公园、动物园、植物园，引颈相望；老树、曲迳、桥洞、花圃，与水与荷辉映成景；邓石如、严凤英名人古迹点缀其间。阴晴雨雪、四季更替，景不同人也不同。这是一幅日日翻新的物事风景图。可惜我的画功还太浅，否则我会把它与大湖景观区合成一幅画，我想那绝不亚于《清明上河图》。

在 60 万人的城池里，能与公园相邻，我算是幸运的了。每每于工作之余，独自漫步于林荫曲径，让满眼的绿色舒缓的节奏，抚平我一天的疲惫。可惜公园虽清幽，却小巧秀气，从西门进入，沿着小径，绕湖一周，十来分钟。一圈又一圈，一日复一日，年复一年，回环往复，时日久了，总感觉缺了点什么。

少小时候读朱自清的《荷塘月色》，总觉得那荷塘分外凄清。我曾专门去京城寻访过，它藏在清华园之一隅，七八十年过去，依然寂寥而高雅，或许只是高知们放飞心绪的圣境，论起面积、景观和实用性，我觉得它倒不如安庆的菱湖。菱湖，热闹、平易，是万千百姓的休闲游乐园。

告别窄小的公园，选择与大江毗邻，或许是潜意识里不喜欢蜗居，不喜欢悠闲，总想感受变幻而奋进的时代脉搏吧。

确实的，人生大境，不止于湖。湖，总有它的起止，总有它的局限，甚至还有人为的栅栏和门槛。它会拦截人的脚步，束缚人的思维，久而久之，就习惯于在里面按照既定的路线转圈。

我从小生长在大沙河边，见惯了潺潺的无休无止变幻着的河水，那种不息地前行基因已经深入到骨髓血脉和灵魂，我无法在一个圈圈里安顿我的手脚、大脑和心灵。

江，不同于湖。大江，纳万流而共进，容千帆而竞发。

伫立江边，我见到的就是与"湖"不一样的丰厚和大气，那不是小小的"湖"所能诠释得了的内涵。我习惯于顺着江流漫步，仔细捕捉并倾听着滔滔江水的旋律，想象着江水之来龙去脉，想象着亿万年来演绎于大江之上的无数故事。

那是怎样的一种蓬勃、绵长、宽厚与丰盈啊！

而今的迎江区，一脉相承着大江的这种生机与丰盈。振风塔，迎江寺，清真寺，太史第……那些古迹暂且不提，随便喊一辆出租车，司机就可以当向导。在车上浏览一下，沿江产业园，紫峰产业基地，被大江环护的新洲乡，抑或是漫步在滨江公园，流连于美食街，皖江文化园，历史文化街区……哪一处不引人驻足？发人深思？

水，是世界上最有韧劲和钻劲的东西，它坚持不懈，水滴石穿；它无孔不入，只要形成了"势"，便摧枯拉朽。千万年来，人类与它共生共防，互利互惠，从大禹徒步治水到而今的永久防洪墙，从大运河到葛洲坝，再到正在兴建的引江济淮工程……我每每看着滔滔的江水，思索着水的哲学意义，也目睹了今人智慧与力量的史无前例。

涨水的季节，滨江公园的绿草地被洪水入侵，从堤门到泵船，搭一块木板，摇摇晃晃走过，那水平线忽然就到了眼皮子边上。平时嬉戏着大大小小狗们的草坪，被浑浊的江水掩盖起来，江面不知不觉辽阔了许多，各种船只也多了起来。

我常常见到佩戴红袖章的社区志愿者，他们端来凳子，在墙门口值班，禁止闲人入内。天公连续落几天雨，这门口又新堆了许多沙包，砌成一堵矮矮的隔离坝，把江水拦在外面。

随便选一方条凳，或一块石头，一角闲亭，只要临水，便能尽情地展开视野，放飞想象。东有长江大桥，飞架南北，车辆川流不息，江北江南早已互通有无，融为一体。雄霸几千年的黄金水道，依然承载着东西运输重任，各种船舶次第而行。江边的货场大多被人工栽种景观所替代。曾经依托于大江的行业也被大浪淘沙，客轮早已不常见，改为了游船，或是装载轿车的大轮。

在谐水湾住久了，在滨江公园看多了，景与物常新，人与事俱变。苏轼有名句"大江东去，浪淘尽，千古风流人物……"长江，它厚重的历史、它丰富多彩的故事、它变幻莫测的个性，岂是我辈所能参透得了的。

从晨露到闲柳

　　我习惯于在晨曦未显太阳未露之前赶到滨江公园。滨江公园就是我晨练的操场，是我早读的书院，是我迸发灵感的秘境，是我放飞思绪的苍穹。

　　出小区南门，过沿江路，进入永久防洪墙门，便是一个绿色的活水世界。滨江公园以恒久的散淡、辽阔、启明的姿态，容纳着八方来客，多年来，也安抚着我这个迎江居民一颗漂游不定的心。

　　胜境往往只有在静谧中才能感受到。虚静才能致远。

　　我喜欢独自徜徉在滨江公园。看晨曦初现中的江天一色，看绿叶滚露芦苇轻唱，看三五个老顾客伫立江边等待。划着小船的渔伯一靠岸，有力的两手提着沉沉的两只桶，往水泥小径上一咚，人们的眼光便随着活蹦乱跳的杂鱼悦动起来。

　　春夏的露珠最恼的是白日的喧嚣。想一窥露珠的清容，便只能像鸟儿一样早起。我时常与露珠相见，往往还带一份见面礼：我就像一个痴迷的诗人，旁若无人地诵读着对露珠的赞美诗——

鹧鸪天·露珠

入眼晶莹触手无，丝丝凉意沁肌肤。

应为神女钗头玉，或是鲛人睫下珠。

花上见，叶尖居。一花一叶一方隔。

天明隐去深宵至，不受尘间世事拘。

诗词歌赋总是让人能感受到独特的美与深邃。可惜我早已过了激情燃烧的岁月，虽有感受却再无诗兴大发，诵读的诗句不是唐诗宋词就是文友们的佳作。这首《露珠》就是宿松女词人何其三前些日子发在微信朋友圈的美句。我喜欢，想必滨江公园的露珠们也喜欢。

江水长流，杨柳依依，鸟语花香。夏秋季节，江水暴涨，常常见浑水漫上草坪，跳广场舞的女人们都不知去向，只有杨柳依然在水中随风起舞。我钦佩柳树的顽强，但我更喜欢那片移栽来的香樟树，它们有着与杨柳不一样的姿势和语言。它们常绿，它们芬芳，它们不惹蜂蝶，不畏虫咬……

滨江公园起于何地，止于何处，我一直没有找到明显的标志。但设计建造者当初想突出的文化主题、健康主题、历史主题，倒是十分明显。没有围墙，无需分界线，它就是这样以其阔达、包容、开放的姿态接纳着徜徉其中的人们，活色生香地炫动着迎江的这一块版图。

从鸣鸟到江鱼

我常常在凌晨 4 点左右醒来，耳鼓里满是小鸟悦耳的脆鸣。小鸟的脆鸣就是我起床的号角。穿梭在小区的林间，我享受着小鸟们的注目礼，啁啾的节奏令人浑身轻快。那就跑起来吧！

小鸟们总是喜欢同我亲近，曾经在我家的厨房里徘徊不去，在卫生间扣板上衔草做窝下蛋。阳台上的斑鸠窝里，每年一到春末夏初，斑鸠夫妇就欢天喜地从早忙到晚，下蛋孵儿，衔食歌唱，我满心的喜悦便随同小斑鸠一起长大长高。

小鸟赖以生存的家园是树木，就像人必须逐水而居一样。"此地宜城"，是东晋阴阳学家郭璞对安庆城所处的地理位置的赞誉。当年的郭璞立于盛唐山放眼南望，江天一色，不由赞叹。宜城临江而建，随后便自然有了迎江区。迎江区坐拥这座城市最繁华的区域。

做一个迎江区的子民，我很幸福也很幸运。谐水湾小区与滨江公园毗邻，小区内林木荫翳蔽日，虽不豪华却很和谐，这不仅是小鸟们喜爱的天堂，也是我安放身心的风水宝地。我虽做不了东晋的"隐士"，却也很满足，有这么一个静谧翠绿的"谐水湾"，安顿我一个小文人的思绪，其乐融融矣。

如果你馋了，一定得早起，到滨江公园的小码头边，能赶上稀有的个体鱼市。一位82岁的老汉古铜色的脸上洒满金色的晨曦，在等候者们期盼的目光中，他麻利地调控着小木船，收网捡鱼，之后靠向岸边，将小船系紧，手提几个大桶，轻巧地跳下船来。他穿过绿色的芦苇丛，爬上水泥护坡，到了公园的小径上，将两只桶往地上一放，随口应答着人们的问话。等候着的买鱼人大多是常客，他们一拥而上，各取所需。鱼很杂，鲫鱼黄丫鱼鲤鱼鲶胡子翘白，什么都有。

我常常步行去先锋巷吃江鱼，或是鸡汤手擀面。先锋巷的名称太高大上了，与它实际的氛围完全不一样。这里应该算是安庆最价廉物美的小吃集中地，街头矗立着"迎江美食一条街"的牌子。熟客们总爱点的一个菜，就是"长江杂鱼"。不需要怀疑这些鱼的来源，先锋巷距离江边只有 5 分钟路程，有心的老板总是这样早起亲自到江边收购，又便宜又地道。

江鱼味道比湖鱼要鲜美得多。我老公喜好钓鱼，双休日总得在湖边或是江边蹲守一天。我也因此增加了许多关于"垂钓"和"鱼"的常识。因鼻炎做过两次手术味觉不敏感的我，而今能轻易区分出精养鱼和湖鱼，湖鱼与河鱼，河鱼和江鱼。我天天吃鱼，但从来不吃精养鱼。来了客人，我总会把人带到先锋巷，寻一小吃店，进门还得先问一句"有长江杂鱼没有"。老城的"闲人们"，总爱寻一方土菜馆，点几个特色菜，来二两烧白，滋滋有味地品尝着生活的甜蜜。

江边垂钓，也是滨江公园一道景观。

路过垂钓者身边，我常常会驻足看一会儿，等着钓竿一扬，鱼儿划出水的时刻。这世上我佩服的人不太多，钓翁的耐心倒可以排在第一位。他们有时从早到晚都钓不到几条小餐条，却依然坚持在风雨或烈日中，甚至站在水中大半天。远远望去，那肤色就跟非洲佬似的。

有鱼无鱼看不见，咬不咬钩难如愿。不将寂寞抛河底，难钓欢乐出水面。

我想，江边的钓翁其实不是在钓鱼，而是在修身养性，在进行日光浴，在享受尘世间难得的"安"与"静"。

傍晚或清晨时分的江边，看钓的比垂钓的还多。一个个围观者，或静观，或指手画脚，眼睛跟着钓竿和钓翁的胳膊转动。那一溜儿或坐或站的钓翁中有时也夹杂着几个女侠，甚或老妪。钓

翁端坐不动，屏气敛声凝视着浮子，老妪却高度紧张兴奋，钓竿
一扬，老妪跑上跑下，捉鱼，上饵，屁颠屁颠的，忙得不亦
乐乎。

一般钓些餐条，拉竿也挺频繁的，小鲫鱼也不少，偶尔也能
钓上几条斤把两斤的鲤鱼或是草鱼甚或甲鱼来，这就要靠运
气了。

高兴起来，我有时也不免做回送茶女。老公钓鱼的耐心倒是
不差，就是运气不太好，最多的时候也就钓三两斤，回家迅即弄
干净大火烧汤，下一撮面条，放几根葱花，一人一大碗。那味道
真是鲜啊！我越是夸赞，老公钓鱼越有劲，烧鱼的水平也渐渐高
过饭店的大厨。

年轻时我总爱发头晕、流鼻血，近几年我的体质明显好多
了，精力也旺盛些，感觉头脑也好使，即使老失眠，但每天做的
事杂七杂八却不少。我想，这肯定与经常吃江鱼有关。感谢江
鱼，给了我健康和聪敏！

漫步防洪墙

1999 年长江流域大水之后，安庆有了永久防洪墙。这"防洪
墙"，其实是观景墙。

防洪墙的设计颇有机巧，上有亭台楼阁，下为小巧店面，长
长的店铺，一溜儿排开，争奇媲美，这是我见过的最丰富最便宜
的"花木市场"。门前摆满花木、奇石、金鱼，还有各种花盆、
盆景制作，琳琅满目，与公园相得益彰。我常常下班拐过来，或

是傍晚散步时分，一路欣赏，手机扫一扫，回家时手上就会多一盆喜爱的花草。

这段防洪墙早已是一条游览路、启智路。从棋盘山路口往上，一路缓行，观赏动态风景，是很惬意的事。墙上的历史浮雕、园内的文化雕塑、健康主题常识、中外名人介绍……这些自不必说。喜欢拍照的游人定不会错过华灯齐上的时刻，霓虹中古塔的雄姿在夜幕下显得异常的神秘。振风塔雄立于滨江 400 余年，早就成了人们心目中安庆城的地理坐标。迎江寺香火绵延，大年三十午夜之后，爆竹声声，烟雾弥漫，虔诚的香客络绎不绝，漫天飞舞的炮纸屑会堆积几尺高，公安消防车候在不远处随时待命。百姓们争相到迎江寺祈福，成了安庆过春节时一道独特的风景。再往上，便是吃货们津津乐道的回民街，牛肉地道，牛肉包子牛肉酱风味独特，不仅是老城闲人们最爱炫耀的美味，也是访客们乐意带给亲朋的礼物。好几家鱼府的华鱼吸引着各地美食家们常常光顾，十几年前朋友请我吃过一次，那味儿出奇的鲜美，至今难忘。

站在防洪墙上朝东望去，跨江高速大桥上车水马龙，入夜灯火璀璨，是下游一道醒目的景观。奔腾咆哮的万里江流穿过大桥后，便被迎江的日新月异所吸引，变得碎步款款、踟蹰不前、温情脉脉起来。大江伸出两只长长的胳膊，环护出一个靓丽的"江心洲"。洲地肥沃，春天随便丢一把种子，不管不顾，夏秋就能收获饱满的喜悦。而今的新洲乡已经打造成初具规模的游览休闲圣境。

对被俗务吵扰得头痛的上班族来说，新洲乡是短期休闲度假最佳的选地。过江轮渡会把你连人带车送往洲上的"农家乐"。

那就抛却凡尘，好好休憩一下吧。人生苦短，物质的富足并不能诠释"幸福"的全部内涵。生命之路上，有时需要缓步，独处，静思，修养，才能留意一路的风景，才能提升生命的质量。

还看迎江

迎江，是奋进中的安庆的缩影，也是前进中的中国的缩影。我虽不敢说"风景这边独好"，但立于江边，我会大声吟诵：大江东去，数良辰美景，还看迎江。

其实，无论是谁，无论酸甜还是苦辣，无论贫困还是富足，无论弱小还是强大，再回首的时刻，莫不都是生命中最独有的一方"风景"。

相迎不道远，直至长风沙——千年前的李白写下千古名句，让迎江有了古迹"长风沙"。可惜，千年前没有摄影，没有留下李白长衫飘飘伫立江边等候的身影。

而今的安庆迎江，这方美丽的风景里一定会留下许多身影。闷了，累了，馋了，你不妨到安庆来，到迎江来，到滨江公园里，到淼淼江水边，站一站，坐一坐，看一看，尝一尝。这样的感悟，这样的妙处，一定会得到很多很多。

今日迎江，有着千年前不一样的精彩！

我会越过千年的"长风沙"，穿过岁月的烟云，站在迎江的路口恭候！

2019 年

　　菱湖，热闹、平易，是万千百姓的休闲游乐园。

　　每每于工作之余，独自漫步于林荫曲迳，让满眼的绿色舒缓的节奏，抚平我一天的疲惫。

　　人生大境，不止于湖。

天柱峡漫游（三章）

桃源湖：柔软的时光

一座小巧的楼，点缀在青山的怀抱里，坐在临水廊檐的茶台前，呷一口清香无比的天柱剑毫，或是品一杯余味无穷的封缸糯米酒，于 5 月的微风里，我们的惬意会从舌尖弥漫全身，陶然而醉，思绪便不由自主地穿越到晋朝了。

怪不得眼前这湖也叫"桃源湖"。山影波光，幽明变幻，可诱出文人们丰富的想象。来了，就不想离开了，一炷香或一壶茶的功夫，脑中就冒出个念头：若做个天柱山民，多好！日夕耕地锄草，种菜采茶，与雾岚鸣鸟林木修竹为伴。住进半山腰里的"仙庄"，像左慈一样，定会修炼成"仙人"。看几页书、画两笔画，伏案累了，趁歇息之时，沏一壶茶，摘几枚果，望望远景，听听山歌……如此柔软的时光，定是半生红尘之后最大的梦想吧？千丝万缕，满身心的凡尘，一旦走进这方水土，被山泉一洗，被清风一吹，只留得一副清奇之气，清纯之容，犹如初夏雨中的清荷，亭亭复亭亭。

湖虽不大，有小鸟穿梭，有清风环绕，有茂林环护。夏夜凉爽，倘设一方书台，一架古琴，沉香缭绕，雾霭氤氲，仿如再现当年王荆公"舒台夜月"之胜境。"台高月皎洁，清影照四廊"，今之喧嚣世界，有一角这样的圣境，于我、于你，俱足矣！

飞瀑群：潜山不恨水

己亥年到天柱山，返程路上，有朋友出一上联：潜水别潜山，潜山恨水。求下联。

此联甚妙，涉及山、水、人，语带双关，不仅考量了历史地理人文知识，更需具备高深的诗联修养，方能对出。苦思冥想至今，我无法对出下联，今漫步天柱峡后，不由自主地说"潜山不恨水"。

潜山名士张恨水，何以自称"恨水"？如今看来，其意明显。

潜山，幸好有水。山无水不灵，山无水不秀。无水之山，当是缺土缺木，顽石遍布，是留不住水的。天柱山，既被汉武帝及至后来的禅宗二祖三祖看中，必然有其独特之处。春末夏秋之际，天柱山中的飞瀑群，飞流直下，瀑响十里，潭瀑相间，曲折连环，飞滢溅雾，这峡谷中的春水、夏水，青春飞扬，正在跳着欢快的迪斯科。

通天瀑、游龙瀑、佛珠瀑、裙衣瀑、彩虹瀑、虎掌瀑、龙涎瀑……亿万年来，山石与流水，相辅相成，在皖西南大地，上演

着一出出壮观的歌舞剧，展示着一幅幅活色生香的山水画。千姿
百态，气势恢宏，豪迈壮观。

瀑布与枫林、与修竹、与山花交相辉映，如此壮观的瀑布
群，大概在国内外绝无仅有吧？

潜水、皖水均穿梭于潜山，犹如阳光普照，滋养着古舒州的
子民。它们在山之南，与长河牵手，合力成为皖河，之后唱着欢
歌走进长江，浩浩汤汤奔向大海。

谁能说"潜山恨水"呢？潜山，真真切切得益于"水"。

潜山不恨水。

天柱峡：低处的风采

到过天柱大峡谷，见过峡谷奇人贺燕昌，我就恍然了，为什
么汉语里有个词曰：虚怀若谷。

贺燕昌，生于天柱山半山腰的茶庄，日夕汲取古南岳的刚毅
与仁良，20年的北国军营磨炼，一路凯歌，于新世纪初，告别军
营的激越，牵手北国女子，回到了天柱山。或游走于峡谷仙境，
或对坐于桃源湖畔，看山花静静地绽放，听布谷啁啾于密林，穿
雾岚，逗游鱼，聊志趣。终于抛却纱帽，远离厅台，沉到峡谷，
日日与生养过自己的土地和父老乡亲们亲近着……

一个又一个春秋过去了。贺燕昌迎来了国运昌。贺燕昌拥有
着最好的山水、蓝天和空气，他用在军营练就的个性和顽强，精
心打理着这片绿水青山。他挽着妻子，随同春天，从茶庄起步，
从桃源湖出发，像水流，那么顽强，那么执着；像流水，往低处

走，钻进大峡谷，亲近着峡谷里的一草一木。终于，他们的心血也如春风一样，将大峡谷中的一切，描画成了美丽的诗句。勤劳的手指点石成金。

擎天一柱，雄伟、刚毅，这座 26 亿年前形成的世界地质公园，两千多年前曾深深吸引着志向远大的汉武帝，"古南岳"这个称呼啊，千百年来又吸引着无数的僧人信众、文人雅士。

天柱——天柱，倘使只有峰峦、奇石，则太过阳刚。裸石毕露，无土无水则无木。无木之山，不能称之为青山；有山而无水，仍算不上宝地。既有山又有水，阴阳平衡，乃得风水之上佳。天柱山幸得大峡谷，大峡谷依仗着天柱山。

游客们大多景仰着天柱峰之"擎天"气势，铁骨铮铮，有如刺天宝剑，又如擎天巨擘，指引着你向上、向上！

可用双脚踏踏实实丈量过天柱大峡谷之后，你的胸中一定会升华出一种新的境界，会有更深层的体悟，那就是：人生，不应只有山一般的眼界，其实，我们还可以像流水一样，像贺燕昌一样，往低处走，有水一般的襟怀。

往低处走，也会开创出一片新的天地，也会展示出自己独特的风采。那种风采叫"虚怀"。那种襟怀便是天柱峡的境界。

2020 年

　　"台高月皎洁，清影照四廊"，今之喧嚣世界，有一角这样的圣境，
于我、于你，俱足矣！

子夜， 在五庙醒茶

在一片轰响中毫无征兆地醒来，耳鼓里唯有雨水的声音，不是一丝丝或一滴滴——细雨擦过树叶的丝丝浅吟，雨点敲到遮阳棚上的咚咚脆响……都不是。而是一片片，没有隔断，没有止息，我平素对雨的认知里，这样的雨定是不大却细密无缝，就像大画家泼墨画荷一样。潜山在我的印象里，雨是挺多的。安庆的天气预报说这几天都是阴天。可傍晚一阵急雨，把本来就很干净的五庙乡政府大院又洗刷了一遍，让我们的眼前更加翠绿清爽起来。

四围很静，唯有一片雨声。我很纳闷，这山村的夜怎么就没有狗吠呢？也没有猫头鹰的怪叫，或是汽车的喇叭穿透我的耳鼓……我仿佛回到了年幼时候，躺在我娘家许家畈那条河坝上的老屋里，瓦屋木门啥音都隔不断，风吹草动，虫籁鸟鸣，鼠溜鸡叫。夜里早早上床，总是在万籁的大合唱里渐渐进入梦乡。黑暗中，我最喜爱的就是撮起耳朵，捕捉白天见过的杨柳、杨柳树上的鸣蝉，河沟里"趾溜"一声飞起的水鸟，那轻轻扇动渐行渐远的翅膀，把我的想象越拉越远……几十年来，黑暗丰富着我的想象力，也训练了我的听觉。因为听觉的过分灵敏，害得我一直被失眠困扰。

我以为这样成片的雨声会像画家的泼墨一样，"哗——哗——"要不了几下就会打住。那就等吧。这雨声把我拉进了天柱山半山腰的卧龙山庄，多年前，卧龙山庄那临溪而雅静的小木屋，引发我们一群作家的惊喜，但很快又把我从白天的惊喜推进辗转反侧的煎熬里。半夜三更时分，哗哗不息的响声仿佛有人一直在絮叨着，向我诉说着什么。我花了整夜的功夫终于弄清了，原来是吊脚楼边的山溪，一刻不停地唱着那首古老的歌谣。从那时候我明白了，世界上没有一片静土。闹与静，完全取决于内心的感受力。

我是一个对外界的风吹草动十分敏感的人。大凡作家、诗人，恐怕都是这样的。如果不敏感，怎么可能同文学结缘？半夜三更不停歇的雨声，就这样一直搅动着我的想象。我在想着，我的同事何林生先生，奔六的年纪，还积极响应党的号召，每个星期按时往返200余公里，从安庆城里进驻程冲村，在这栋河边小楼上，几百个日夜，听过多少雨雪，见过多少山风，走过了多少泥泞。这对于一个长期从事宣传文化工作喜欢安静思考的人来说，其辛苦是可想而知的。

我和雨，雨和我，就在我漫无边际杂乱无章的想象空间里纠缠着、对峙着，这样的态势里，往往最先缴械的是我。乡村的招待所虽然简陋，连张写字台都没有，但被褥倒是挺干净舒适，辗转了个把小时吧。伸手摸出手机看了看，果真，已经快2点了，而室外的雨声依然没有停歇的意思。这些年我有意以开车、画画培训着我的耐心，终究还是功夫浅。我终于按捺不住，坐了起来，打开了灯，拉开了窗帘。

黑漆漆的，我睁大眼睛，夜幕里并没有——细密无缝的雨啊！窗外的空中，空空如也。侧耳探视，成片的雨声该是来自于脚下的这条河流吧？

这是 4 月 26 日凌晨，在五庙乡招待所。现在叫"招待所"这名儿的不多，这名儿表明主人的一种态度，让我感到朴实可亲。招待所是一栋三层小楼，西面南面两面临河，这就是"五庙河"。楼底几根水泥立柱架在水中，傍晚站在走廊朝下望，我很担心，脑海里闪过前几年洪灾的场景，河水穿柱而过，这样的雨，倘使半夜山洪暴发，怎么办？房东罗先生说放心放心，都十几年了，不碍事。

这样浑浊的河水，是因了傍晚时分的一阵急雨。水泥路面上雨水四溢，晚饭后，我和张玲、肖丁过桥去对面的烈士陵园时，河水湍急、浑浊，看不见河底的沙石。站在烈士陵园山坡上四望，满目青葱翠绿。这是初夏，叶子就像三四岁的幼儿，满是蓬勃的朝气，那种悦动的气场鼓动着我们每个人的感官，仿佛五脏六腑都会飘然起来。五庙乡街就盘踞在层峦之间一片狭小的沟壑里。可惜，台阶下便是被骤雨冲刷出来的黄色稀泥，台阶上还蠕动着山蚂蟥，我们不敢乱动。云层并未随雨散去，暮色便来得有些早，四野空寂凄清，不可久居，遂匆匆回到住地。

没有一点杂音，唯有一片雨声。倘若习惯了，或许我会在雨声里沉醉，或许我会做一个婉转缠绵的甜梦：徜徉茶山、穿梭茶园、采摘茶叶……将余爱玉委员说的 65 家有机茶场跑个遍。建国茶场宽敞的仓房车间里，摊开在篾筐上的那满眼的嫩绿，新鲜的草尖，细细淡黄的叶脉……至今，我的手掌上还余留着"春尾""夏头"的清香。我猛然醒悟，我的疲惫不堪却辗转难眠，莫非是被这漫山遍野的茶香熏蒸所致？我虽然有意拒绝了品尝那上好的"翠兰"，却零距离亲近了漫山满屋的鲜叶。定是这无法逃避的芬芳将我多年来对文字渐趋麻木的脑细胞又激活起来。傍晚在乡街小店所见的采茶女戴的小巧精致的尖顶篾帽，也开始在我的脑海晃动，萦绕着"五妙香"那个诱人的茶名，仿佛幻化成穿着水袖彩衣的舞女，在我的眼前翩翩起舞……

茶，肯定是"阴性"的。"弦月""翠兰""五妙香"这些名字让我想到女人的温婉多姿雅致芬芳，她们与天柱山的阳刚之美相互映衬，滋润和支撑着大别山区这片美丽富饶的土地。我激动起来，没有桌子，我便戴上眼镜，在手机写字板上，就着一片不息的雨声或水声，中指当笔，点击着字盘……

茶，是我所爱，又是我的剋星，是最令我浮想联翩，也是最让我无精打采的。我不能喝茶，但我却无法抵抗茶香的穿透力。

在五庙的茶林穿过，在五庙的招待所住过，被五庙的雨水淋过，被五庙的河水闹过……这一切，让我终于明白了这个夜晚难眠的意义：

五庙是不会成为我足迹里的过眼烟云的。五庙在以它特殊的方式钻进我的记忆——子夜，我在五庙醒茶。

窗帘也透过与城里不一样的熹微，静谧里除了那不息的水声，我还能听见自己的心跳。这是一个安静祥和的凌晨，是皖山腹地五庙乡一个普通的初夏的清晨。

感谢五庙河不息的流水，感谢五庙乡无处不在的茶香，在静夜里，耐心地洗净我混沌大脑里的俗尘，熏除我灵魂深处的浊念，重新注入皖山生生不息的灵气和清新，让我有了以上的文字。

2019 年

在石佛村

深山、古寺、神茶，这 6 个醒目的广告词，横贯在通往石佛村村口公路上，提醒着我们这一行人：深山大多有古寺，这不足为奇，但古寺里全是石头雕刻的佛像，却不多见；山上不仅有茶，还是"神茶"，神在什么地方？这就引人遐想了。我们不由得加快了脚步。

这是清晨 6 点多，我们已经爬在半山腰了，深黛色的背景下，雨雾轻笼，红瓦楼房在晨曦中若隐若现，那一定是神仙住的地方吧？这哪是什么贫困村啊？

石佛村是茶叶专业村，坐落在三天门的南坡，阳光充足，空气格外清新。汪摄影师因感冒昨夜没睡好，这会儿却不见一丝倦怠，提着长镜头相机奔忙着。乡里的副书记崔宇红是个精干的女同志，一身运动服，个子虽不高，但风风火火的。村书记王军是个大个子青年人，大长腿爬起山来一点不费劲，一边轻轻松松地大步走，一边如数家珍，眉宇言谈间都充满着自信。

这里的确不是贫困村，2016 年，石佛村经过第三方评估已经从贫困村出列。仅仅眼前这 1070 米海拔的区域 200 亩有机茶园，就让茶农们每年每户收获了6万元。石佛村2014年建档时贫困户167户，当年脱贫19户。2015年脱贫42户，2016年脱贫87户。2014～2017年实施扶贫项目达23个，覆盖产业发展、基础设施建设、社会事业发展、生态环境保护等方面。贫困村早已不再贫困。展现在我们眼前的，家家是红瓦楼房，楼前有小院，院中养花草，楼上有客房，可供游客住宿，吃的是自家种的有机蔬菜，炖一盘石耳土鸡汤，烧一锅土猪肉炖豆腐，那种纯正的滋味，定会让你回味无穷，舍不得离去。

确实有住得舍不得走的人。听说合肥市有位少将夫人，不幸得了肺癌，百药难治，最后选中了岳西包家乡鹞落坪这块宝地。每年5月初就来这里，住在农家乐，天天在天然氧吧里漫步，听风声鹞叫，看姹紫嫣红，喝着有机茶，吃着无害菜，神仙一般，一直到9月底才回去。至今有八九年了，人，越来越有精神。这里的氧气大约是我们城区的七八倍，怪不得我这个长期被失眠困扰的文人，昨晚在"岳霍人家"的农家小宾馆里睡得很好，早上起来爬山，浑身是劲。未料到山里早上太凉，没有带长衫外套，还临时拉了条宾馆被子上的盖布披在肩上，倒是别有风采。

石佛寺，是一座古旧的小平房，很不起眼。大约是处在保护区里，不得随意扩建吧，案前香贡不喧，四围清冷寂寥。但寺里的菩萨们既非泥塑亦非木刻，全由大石雕成，古朴而憨厚，也如深山神茶一样，凭借其独特的魅力名传四海。盘香已经熄灭了，我拿起案上的打火机打火，好半天才点着。高山夜凉，雨雾湿气重，一夜下来，盘香的星点火苗是敌不住弥漫的雨雾的。我望着眼前安居于寂寥中的菩萨，他们气定神闲的微笑，无不昭示着我们：保护原生态才是最好地保护我们人类自己。

石佛村位于包家乡北部的崇山峻岭中，属于鹞落坪国家自然保护区的核心区，生态原始、富氧，再往北就是霍山县的铜锣寨景区。海拔1070米的高山有机茶场，更是令人刮目相看。这是6月上旬，正是春茶采摘之后不久，一棵棵茶树躲在石缝里，被削掉了枝枝叶叶，只剩下一半光秃秃的短枝桠，藏在石缝里，外表很不起眼。这个初夏，正是万物生长的旺季，他们为什么反而把茶树齐刷刷砍掉半截呢？我们感到不解，王军书记说，这正是我们的特色，是我们品质的保证。我们只做春茶，不做夏茶和秋茶，"石翠"茶金贵就金贵在稀少。为了保证春茶的品质，一旦春茶采摘完后，就全部修剪，留待翌年的春天……

我们向往的"神茶"，就以这样平淡无奇的形象出现在眼前，它矮矮的、光秃秃的枝桠，枝桠间伸出几片嫩黄的小芽，如果不是有一方石栏围护，如果不是有一块字碑解说，谁知道它会有那么神奇呢？它一半为本地石茶，同石茶同发芽同采摘，另一半却迟迟不露脸，要等到临近端午节才初绽新芽。本来藏于深山之中，不染尘埃，不沾烟火，它的神奇是经过世代万众的口口相传才得以成型，并广为传播。

旁有石碑，碑文云：神茶半棵，世上无多，一株两品，奇特匪夷，临近端午，初绽新芽……形似兰花……一人饮茶，满屋生香，味浓鲜爽，醇厚甘甜，韵味生津，益智解乏。置其身于千米之上，隐幽香于万嶂之中，三天门下，石佛寺旁，密林众生，终年云雾。千百年来流传的皖西南三棵半神茶，唯有此神形具备，独领风骚。古人诗云：三天门下半棵茶，神仙能看不能拿。若是饮得此茶味，千里迢迢不想家。众多学者深入研究，仍是疑窦丛生，谜底未解。

王军书记滔滔不绝地介绍了乾隆皇帝用神茶止泄的传说。世代以来，神茶在当地百姓心目中不仅仅在于它的反季节，更在于它的治病神通。

面对如此神通广大的神茶，我们不禁低下头弯下腰，带着一种虔诚和敬仰，仔细地察看它刚刚发出的嫩芽，尖尖的细细的黄嫩嫩的，像初生婴儿翘起的小舌，喜爱之情不禁顿生。阴雨天，我们起这么早，跑这么远的山路，就为了看一眼这株神茶。

是神茶，让石佛村摆脱了贫困。

半山腰有座漂亮的楼房，门前挂着"岳西县石翠茶叶专业合作社"的牌子，背靠青山，薄雾缭绕，门前有盆景、根雕桌椅、吊篮，室内有书画茶座、根雕靠椅……沏一壶茶，于柔软时光里，看山色闻茶香赏茶艺……我想这不仅仅是我们文人的向往吧。

流连忘返自然就在意料当中了。

早餐在农家吃稀饭土鸡蛋腌菜，这是我吃过的最美的早餐。桌上泡了他们自产的香茶，主人介绍说，这是明茶最后的尾子，便留给自家喝。近几年明茶的初茶能卖到每斤万元，农家留给自家喝的往往是最后一道。但这最后一道对我来说，也有如琼浆玉液。这是最地道的山泉水泡石翠，喝一口满嘴甜香，一直沁人心脾，五脏六腑都被浸泡在绵绵的甜香之中，整整一个上午我都在回味。我一直在想，那半棵神茶周边的石罅石缝里，那些匍匐于地的茶棵，一定都是神茶的兄弟姊妹，是它的子子孙孙，不然，这最后一道的茶叶哪还有这么大的法力！

深山、古寺、神茶。岳西县、包家乡、石佛村，神仙住的地方，谁不是去了还想去，去了还想住。

2018 年

巨石山： 天人合一的妙境

天人合一是中国道家哲学的精髓，是人类追求的最高境界。巨石山，真是个"天人合一"的妙境。

我是在丁酉年的春天和夏天两次攀爬巨石山的。

好长时间来，我喜欢远离人群，躲在钢筋混凝土的坚硬和冷漠里，躲避着风雨和刺眼的阳光。但巨石山之行，却是无法拒绝的。海子诗社的诗人们，他们的激情比春风更能鼓动我慵懒的神经。而巨石山的奇特风景，在雨后璀璨的阳光里，或许更有一番魅力。

出安庆城区往北24公里，有诸山雄峙西北，安庆人习惯称之为"大龙山""小龙山"，山脚有湖，名"菜子湖"。山北有罗岭镇，山南有杨桥镇。奇山秀水名镇，这片景区，素有"龙山凤水"之雅颂。之所以改称"巨石山"，就是因为山上多"巨石"，巨石矗立，巨石悬空，巨石不但巨大，而且奇谲怪异。山虽不高，海拔500多米，但在周边的湖泊洲地的簇拥下，显得别具气势。景区以"五绝"著称，奇峰、神石、秀水、奇洞、白玉兰。我们穿过用大石搭建的造型别致的山门，踏上林荫里的青石台阶，走向"龙山凤水"的腹地。

因为被巨大的石头占领，一路便没有厚实的土壤，沟壑间石罅里，大多丛生着各种灌木。尽管没有百年老树，没有张家界那般荫翳蔽日的森林，但这样茂密的灌木丛，同样是各种鸟类们的天堂，远远近近清脆的啼鸣，一直追逐着耳鼓。流泉顺着青石板铺就的石阶边缘，越过竹木裸露的根茎，清油般滑下光溜溜的大石背，叮当脆响的声音宛若天上的佛音，让心渐趋宁静。我仿佛听见了清代嘉庆年间的状元龙汝言在林间朗声阅读，声声穿过岁月的烟云，昭示着山下勤勉的学子。

有几处的石阶又陡又长，我们汗流浃背、气喘吁吁，好在路边有木凳子，弯下腰就着清澈的溪水洗一洗手，歇一歇，喝几口水，拍几幅照片，望望头顶上缓缓滑行的索道，看看溪水边树根上爬行的蟾蜍、壮实鲜艳的百脚虫……它们祖祖辈辈居住在山罅的阴凉里，享受着独有的安逸，我们远道而来的造访，丝毫没有打扰它们的清修。缘定三生石的腹腋下，特别的阴凉，山风轻拂，石桌石椅围栏，可以小坐而谈天说地；石阶就像一个神秘而调皮的向导，穿过石洞石隙，又把我们往山下引去，转过一块巨石，忽而让人眼前一亮，谁能想到巨石山的怀抱中，还藏着一方"天池"！青山翠竹环护着一汪清幽幽的池水，仿佛玉液琼浆，能将布满身心的三千尘埃涤净。旁有木凳，在此随意小坐，柳岸荷风，飘飘然分外惬意；及至辗转爬上巨石之巅，凭栏远眺，美丽的龙山凤水、城郭村落乃至逶迤而过的扬子江尽收眼底，令人眼界豁然，胸襟辽阔，大有孔子"登泰山而小天下"之感。

朝东南望去，奔腾咆哮的万里江流在这里变得碎步款款，踟蹰不前，温情脉脉起来，然后才恋恋不舍浩渺东去，仿佛是同巨石山作个叩首，道一声"万福"，而将九华山撒到了皖江的南面。这一缓一慢，便生出许多支支汊汊来，犹如舞女的衣裙，飘飘拂拂。水与水之间的高地，百姓们称之为"江心洲"，洲地肥沃，滋养着世代代的移民。山脚下不远处，石塘湖破罡湖嬉子湖环绕，构成了"龙山凤水"的绝妙格局。因而，历史上，这里不但才子佳人多若繁星，而骨傲气奇之士也世出不穷。

老子说"人法地，地法天，天法道，道法自然"。追根究底，人类是无法把个体跟自然割裂开来的。在大自然面前，人和其他动物一样，依赖的都是大自然的施舍才能生存繁衍。天地万物，都讲究阴阳平衡。巨石山犹如这片土地上的"王者"，其阳刚之气对阴柔之物有着天生的吸引力。你看，大大小小的湖泊，簇拥在它的周围，波光粼粼，无论晴天丽日还是风雨飘摇，无不婀娜多姿，气象万千。温柔多姿的湖水，跟坚硬突兀的石质山体恰好构成阴阳平衡，不仅从美学角度映衬着巨石山的雄壮和阳刚，也印证了玄学中"阴阳互补"的观点。

承载着安庆人文象征意义的振风塔，于400多年前矗立在宜城江滨。"皖城诸山雄峙西北，东南滨江平衍。形家言，须镇以浮图，青龙昂首，为人文蔚起之兆……乃建兹塔。"安庆文风因而昌盛起来，"五里三进士，隔河两状元"。不但形成了名冠京华的桐城文派，还相继诞生了方以智、陈独秀、程长庚、张恨水、朱光潜、邓石如、严凤英、海子等等大师名士。文化底蕴一旦深厚，并被周遭百姓发掘、弘扬开来，势必出现"文过"而"石非"，阴盛阳衰的现象。巨石山的古朴苍劲雄浑，逐渐被越长越高的灌木掩盖了，远远望去，满眼的绿绿葱葱。如果不走近它，不探索它，是丝毫看不见葱绿之中"巨石"原本的雄伟风姿。

宇宙之诡谲，造化之神力，无不体现在巨石山上。多年来，安庆人太"崇文"了，处处表现出"文雅""文明"的样子，以至于不敢直抒胸臆。你看那块"银梭石"，分明就是一截刚劲的"石祖"，却偏偏要说是织女的银梭子。如果织女的银梭子有如此的粗粝和原始，那丝线还不时时刻刻都被剐断了？我倒认为，说这是牛郎的某部件也不为过。牛郎之所以那么吸引着织女，不能不说跟他身上质朴的野性和阳刚之气有关。

仁者乐山智者乐水。探索巨石山，愈发感觉到它体内蕴藏的哲理。善养生者，上养神智，中养形态，下养筋骨。攀爬巨石山，上中下"三养"兼顾。顺应自然，接近并沟通天地万物，让心融入天地的大宇宙，感受大自然的信息、灵感和日月精华，才能真正做到"天人合一"。这个时代，人不能在闹市区待久了。待久了，人就会不由自主地变得温顺、沉静、小气、敏感而脆弱起来，浑身多了许多的女性味，而少却血性男儿的那种积极、亢奋、粗犷、充满阳刚的果敢和担当。

距离闹市区不到一个小时的路程，有山有水有田园，四季鸟语花香，动静俱宜，既练身又养心，巨石山，确实是个"天人合一"的妙境！

我想，每个星期，约上两三好友，起个大早去攀爬一次巨石山。同巨石山对对话，聊聊天，让那种阳刚之气沁入我们的血脉，深入我们的骨髓，让心灵回归朴厚真纯，让生命变得强壮坚韧起来。

2017 年

池州纪行

解读霄坑

在尘世里被磨砺太久，许多物事见得多感受得多了，心自然也渐渐粗糙起来，再难得像年轻时候那样的多愁善感了。人到年纪大，所谓的"看开看淡了"，莫不是如此。

但"霄坑"这两个字，却常常萦绕于我的脑海，挥之不去。

我耽于幻想，两鬓挂霜仍然走不出幻想幽深的隧道。未知的世界，总是特别吸引着我这颗懵懂的好奇心。这个时代，人一旦耽于幻想，有了前瞻意识，是很容易出现"危机感"或"不安全感"的。战争、核泄露、环境污染、各种添加剂、智能机器人……被人类自己的欲望和智慧恶化了的生存空间，加速了对我们自身感受力的挤压和揉虐。我就是常常被这样的思虑困扰煎熬，以至于常常夜不能寐。老公便时常嘲笑我"杞人忧天"。

人可以控制自己的手脚、口眼，却无法控制自己的大脑。

从霄坑回来，那个茶叶公司老板的话一直萦绕于我的脑海："岳西翠兰"怎么能跟霄坑茶比？淡而无味，喝不了两开。

这话让我大为震动。多年来，我习惯了岳西茶的色香味。虽然它还没有挤进全国十大名茶之列，但习惯了的东西是很难抛开的。就像北方人喜欢吃面食一样，无论南方的大米饭多么诱人，依然隔几日还想着包顿饺子。岳西茶，无论翠兰还是翠尖，叶型美观，香味持久，汤色淡绿……它的香味是原生态的，是咱皖山皖水的体香。同为被皖山皖水滋养呵护的我，对他人如此评价岳西茶，自然难以接受。

霄坑六队的茶老板居然这样评价岳西茶，直率得让人有些难堪。我知道，他的言语中自然有他立场的偏好。但这样的直率无疑勾起了我对霄坑茶的好奇。

尽管我怕喝茶，但品茶也能勉强算个内行。下午或者晚上，几片茶叶往往就能让我的大脑运转起来，无法停止，及至夜深，依然活跃，辗转于床笫，直至晨光熹微。而翌日上午都会恹恹欲睡。

时日久了，我终于掌握到了茶与我的规律，所以有时只敢在上午约朋友进茶座，品茶雅聚商议公务。下午和晚上断不敢碰茶的。

常常有朋友推荐我喝红茶，说红茶不仅养胃，还不失眠。试着喝过几次，总觉得红茶有干山芋叶的味道，始终不习惯。我喜欢喝绿茶。玻璃杯里放几片叶子，开水倒下去，淡淡的绿绿的，清香袅袅，随风弥漫，喝一口萎态顿消。对于只敢把茶当做调色品的我，一年三五百克便足够了。因而对于茶，我谈不上特别的嗜好，自然要求便极高。没有保管好而上了风的，或是产地海拔低的，或者不是明前采的……那些酒店里饭前上的茶，我是从来不沾唇的。

晚春的时候，池州的杏花已经随春归去，但霄坑还是吸引了我。就因为曾经喝过霄坑茶，品尝过霄坑有机茶的朴厚纯正。而霄坑的"坑"字读音到底是怎样的，我更好奇。

到池州见到陈春明主席我便一直追问：霄坑的"坑"字到底读"keng"还是读"kang"？为什么安庆佬喜欢把"黄土坑"读成黄土"kang"？

春明主席不假思索："keng"呢，就是凹下去的地方。山里人实在，"坑"就是"keng"，无需像城里人那样避讳啥的。黄土坑，那是不吉利的地方。

有凹下去的地方，自然便有凸起来的。我所见的霄坑，是个25公里长的高山峡谷，百丈崖、五峰岩……围合而成了峡谷龙池，飞瀑湍流，清泉灰石，栈道木桥，松涛竹啸，云蒸雾绕，一片深幽境地……这样的"坑"，是黄土坑无法比的。霄坑，颠覆了安庆佬深植于我脑海里"坑"的含义。

在霄坑路边，一个普通的小饭店里，午餐前，店主照例给我们每人泡了一杯绿茶。那是真正的"霄坑茶"。这么好的色泽，这么好的香气，即使如我这样怕"茶"从来不在饭店喝茶的人，也是无法抵抗它的诱惑，不仅喝干，还把第二开倒进自带的茶杯里，留着路上慢慢喝。

在秋浦河捡石头

那年，我同宿松几个文友去北浴乡采风，顺便在廖河捡石头，雨后浊水湍急，河道很窄，石头却出奇的大，又大又黑又粗糙，几乎都是同大地连为一体。虽然没捡到石头，却收获了文友上好的《咏石》诗，结缘了美美的友情。至今仍为美谈。

听说秋浦河有石头。心动，便行动。

秋浦河又名云溪河，从贵池杏花村杜坞入长江。我住在安庆的江边，与我只有一江之隔啊。初夏晴日，我自驾车，同几个画家文友，直奔秋浦河。

一路碧水，十里青山。行走在秋浦河畔，偶见群山怀抱村民小屋，灰瓦白墙掩映在绿意之中，如同隔绝尘世的世外桃源，"秋浦田舍翁，采鱼水中宿"，这是诗仙李白当年徜徉的胜境。我虽算不上诗人，但走进秋浦，便感觉满心满身的诗情画意。

"千千石楠树，万万女贞林。山山白鹭满，涧涧白猿吟。""秋浦多白猿，超腾如飞雪。牵引条上儿，饮弄水中月。"除了诗仙李白作《秋浦歌》十七首，更有杜牧、李商隐等文人墨客为之赋诗作词。

秋浦河与廖河，给我的印象大不相同。这里，青山夹岸，河面宽阔，水缓沙平，清澈见底。青山仿如婉转唱着情歌的樵夫，秋浦河犹如浣纱的女子，千古岁月悠悠，他们相亲相爱相守，将无尽的温情、希冀和快乐，倾注在这片土地上。木船皮筏，大人顽童，悠游于沙滩与河水中。目之所及，手之所触，脚之所踩……无不给人以欢快与温馨。

我急切地奔向沙滩、奔向清澈的流水。沙滩上布满着大小不一的鹅卵石。初夏正午的阳光很热烈，水流分开了一片石滩，我索性脱下鞋袜，卷起裤管，蹚进清凉的水里，体会着这久违的快乐……

小时候的记忆骤然漫上心头，老家的凉亭河从屋后流过，水清澈沙阔厚，洗衣洗菜洗澡做饭烧茶，河两岸的人家世世代代全靠这水啊！捉鱼划船逮知了，是我小时候最快乐的游戏。河水像我伟大的母亲，不仅养育着它的子民，也丰富了我少年时想象的空间。现在看来，我喜爱水，并一直对水怀有特别的亲近感，大约就是源自于童年和少年，在水的世界里度过了那么多快乐的光阴。水的变幻莫测，水的纯洁善良，深深地刻进了我的记忆。

赤脚踩着石头，尽管硌得生疼，却于我，是这许多年来最有情趣的一种体验。

我睁大双眼，在这秋浦河里，在满河滩上寻找着心目中的宝石。同来的画家和教授都捡满了布袋，而我却一块都看不中。我疑心我的审美是不是过于挑剔。

但我并不是空手而归。一路上听着画家和教授们开心的美谈，我也分外快乐。此去秋浦河，我同样收获满满，我带回满脑海的清纯，带回了满腔的快乐。那是秋浦河清澈无染的水魂啊！是我一生都在追求的至真至纯的境界。

2019 年

　　沙滩上布满着大小不一的鹅卵石。初夏正午的阳光很热烈，水流分开了一片石滩，我索性脱下鞋袜，卷起裤管，趟进清凉的水里，体会着这久违的快乐……

住在杏花村

一江之隔，我总在遥望——那个杜牧笔下的杏花还在开吗？那面酒旗是否还在高扬着？诗意的杏花，豪情的酒啊！一千多年来，牵动着多少文人墨客的遐思，摇曳着多少才子佳人的梦境。那酒，一直在无数百姓的梦中香着；那花，也始终在老少妇孺的心中开着。

名牌之所以成"名"，就在于被大家公认。一个村子因"花"与"酒"闻名，更因了诗人的诗句流传千古，被收录进康熙年间编撰的《四库全书》。这是世间的唯一吧？所以，打造"天下第一村"，这并非海口，我觉得一点不虚夸。

古代的杏花村有12景，春涨、荷风、烟雨、麦浪、夕照、松月、酒垆、禅林、书院、渔歌、丹枫、晓雪。一幅宁静的乡野画，一首太平盛世之歌。而今的"杏花村"，更是处处妙笔，步步生花。

看吧——

一路二水三区。宏伟的规划，将带给我们的不仅仅是观光、度假，还有知觉的体验。全部完工后，我们的眼前将会再现出盛唐时代中国经典田园休闲生活的佳境。"一河秋浦水、十里杏花村、百家香酒肆、千载诗人地",多么令人向往啊,魅力无穷的杏花村!

文化,传之千秋。打造杏花村文化,池州人看得准,定位得准,基调高,眼光远。"杏花村四大文化",山水农耕、传统民俗、江南村落、盛唐诗酒,4 种文化齐备,囊括了目前中国各景区的精粹,集中展现在这长江边的一地一州,浓缩了中国古代和现代最美丽的乡村景致。

住下来吧,还是住下来。匆匆的过客,只如鹭飞雁影,是无法体验其中深藏的妙处。陶渊明的"相命肆农耕,日入从所憩",而今的都市人,一代又一代,距离农耕的气味越发远了。带上伴侣,带上孩子,在杏花村里住个十天半月,扶犁、锄草、点种,戴着草帽,晒着太阳,看炊烟袅袅,听野鸟啾鸣,吃着锅巴粥,闻着稻花香,鸡鸣狗吠,万籁和鸣,让身心与田园融合在一起,放松一下被高楼大厦挤累了的视野,融洽一下被繁忙遗漏了的亲情。

住下来吧,还是住下来。看多了电脑屏,握多了方向盘,坐多了会议室,吃多了油腻腻,到杏花村来,小住些日子,穿上布鞋,日出即起,在烟村随意地走,走过人类的原始居巢,再到商周春秋的草棚,钻一钻楚汉明清的瓦房,再看一看唐朝宋元的木屋……如果愿意,还可以穿上长袍马褂,戴起乌纱帽,摇一摇鹅毛扇,古人的情志和烟火,就会在这蹓达蹓达中从容体验。或许,从此以后,回到都市中,回到红尘里,你的心境会天高云淡,不再愁苦和纠结。

住下来吧,还是住下来。迎湖而启的柴扉,万花丛中的酒垆，猎猎生风的酒旗，不染红尘的禅茶，烟溪漂流，渔港听歌，草市买卖……原生态、古朴、田园与市井风味，这一切的乐趣，哪一样，不需要住下来，才能细细品味和体验？

这是杏花村，它坐落在池州。

池州，真是个好地方。东临宁沪，西连赣鄂，南邻徽杭，北滨长江，交通便捷，山环水绕，钟灵毓秀。有青山、有活水、有丽花、有美酒……是男人，就该看一看杏花；是文人，就该喝一喝黄公酒；我们，都在人生的旅途中走得太累太累，偷偷去杏花村小住几日吧，听一听牛哞狗吠，尝一尝草火烧的饭米香。

住个十天半月，即使不愿意回去，也好。

2013 年

赏石密码

忽然就对石头迷恋起来。亿万年来一直沉默着的石头，以它顽强而坚韧的品性，在这个初夏彻底地征服了我，使得我的心完全安静下来，也如石头般沉静。

初夏的一个星期六，跟着宿松的一群文友去北浴廖河，正是雨后，草长水浑。廖河里的大石如黝黑的巨龟，粗粗糙糙的，安静而自信地匍匐在潺潺的水底，静听着流水唱着亿万年前就开始哼唱的古老歌谣。穿行在巴茅的尖刺林里，胳膊上被划拉出不少的血痕，找遍河床，但仍然没有找到一块我所钟情的黄蜡石。这片群山，林深竹茂，盛产石灰石、磷矿。黄蜡石，是不会出现在这样的土地里。它们，不是一个种类。些微的失望中，我挑选了两块嶙峋的小石带回家。我想，尽管它的质地不怎么好，也权且可作为盆花的点缀。

那次雨中跋涉，宝石虽未得，几天后却得到一首好词，甚喜，不妨录下来——

临江仙·咏石

参透繁华前事，性情质朴天真，三千流水洗红尘。暗藏心底梦，静待有缘人。

见过桑田沧海，也曾尝尽凉温，光阴凝满绿苔痕。修成关外客，岁月不沾身。

这是同行的宿松女词人何其三的新词，她从手机上发给我，第二天我就喜滋滋地发到我的新浪博客上，配上先前我从茅岭和望江捡的美石图片，我想这是世间最好的赏石密码了。原本想和她一首，后来自感她意即吾意，难以超越，何必多此一举，遂作罢。说于另一个同伴汪亚利，没想到她第二天就来电，和了一首，词如下——

临江仙·咏石

缄默无言犹梦，拙姿异状还真。任他风雨万千尘。
世间皆过客，难得有缘人。
能凑高堂雅趣，可添君子谦温。俯铺成迳暗留痕。
心宽天地广，何处不存身。

在捡石与赏玩之中诗来词往，交流沟通，更添雅趣，乐此不疲。我想，像我们这种抛却铜臭的赏石，大有古风传承之象。自古以来，李煜、米芾、苏东坡、郑板桥……无数的名人写石、赏石，但却没有谁的诗文比这两首词更能概括出石头的一生、石头的品性和石头的作用。我认为。

最初鼓动我去捡石的是女摄影师张健。她说，捡石头，实际上就是抢救美石。尽管我认同这种观点，却不喜欢这个说法。"抢救"一词，过多地强调了责任感，这似乎不合实际。大凡去捡石头的人，一开始似乎并没有多少人是带着"责任"二字的。我第一次被约去捡石，感觉十分乏味，坐在一堆石头上懒得动弹，却没想到，那次带回的一块小黄蜡石，在每天的揉搓中居然渐渐使我迷恋起来，那种温润细腻的感觉，那种油亮特别的色泽，却是平时所见过的别的石头没有的。之后不久，心便蠢蠢欲动起来，第二次第三次以致后来多次冒雨上山捡石，纯粹是一种迷恋，一种心境，一种乐趣。有的人捡石头，带有商业化，看好石头的个头大、奇、丑等价值特征。我和我的几个好友，却只是沉溺在最原始的审美阶段，只图愉悦和美感。张健家的石头，到处都是，地上桌上阳台上博古架上，床下墙角椅下沙发下，到处都是，散放的，装箱的，真令人瞠目结舌。她也不打理，只知道沉迷其中，人晒得漆黑，像非洲土著人般。她几乎每天都骑个电瓶车去，犹如独行侠，一块块挑选，辛辛苦苦搬回来，仔仔细细洗出来，再精挑细选，看不中的就又搬到楼下去丢掉。如此这般，两三年了，家里就成了十足的石窝。有时捡到一块好石，会快乐很久。好石，天天赏摸，愉悦无穷。

捡石，要有缘分；赏石，要有文化。赏石，自古以来就是文人士大夫阶层的雅趣。古人赏石，赏在观念，借石引发人生之感慨。苏东坡说"石文而丑"，郑板桥觉得石头要"丑而雄，丑而秀"，米芾认为：赏石要诀在"皱、瘦、漏、透"，而李后主等人却将自己的政治抱负、人生情怀、仕途感慨都隐匿于赏石中。

米芾赏石的四字要诀一度被奉为中国赏石界的金科玉律，框住了中国赏石美学发展的步伐达 900 多年。"皱"，指石肌表面起皱，象征岁月沧桑。而今的人们，大多喜欢平静、平安、平坦的人生境界与境遇。所以，"皱"在现今，并不被赏石者看好。"瘦"，指石形，挺拔坚劲，象征铮铮铁骨，也有如竹子节节高之意。但现今，"瘦"形有贫瘦之嫌，人们反倒喜欢富贵雍容之态，直立石反而不如横卧石受到欢迎。横卧安稳如山，富贵安宁是当今人们追求的生活方式。"漏"，指的是洞穴凹凸起伏有致。在我们的国学里，漏水并不是好事，是失势漏财，为人所忌讳。"透"，指石头要空灵剔透，七窍玲珑，能观天象。但当代人不喜欢"透"，而喜欢朦胧，朦胧诗，含蓄美。

现代的城市里，珠宝城、奇石斋、怡雅轩之类的石馆不少。货架上摆满了琳琅满目的美丽的石头，以及用石头雕刻的各种制品，精巧、瑰丽、缤纷，寓意吉祥，外表漂亮得令人惊叹，但价格却也十分昂贵，有的高达几十万。安庆的枞阳门每个星期五是"奇石交易日"。各地的奇石商家大清早就赶来，占地摆摊，各种古董珠宝奇石琳琅满目，真真假假，难以分辨。我喜欢去江边的几家"子石轩""怡雅轩"，那里有不少天然的石头。石馆的老板很有雅趣，文气十足，博学多才，耐心也好，不厌其烦地回答我的问题。他们自己设计制作阴沉木的石座，配上天然的美石。那些石头便比刚出土时光鲜夺目许多，有如全装上场的花旦与平时素面朝天的家居，有着天壤之别，真是令人赞叹不已。大自然的鬼斧神工，不着人工之一刀，却尽得风流神韵，象型非型，全在赏石者的想象中。这样的石头，更有收藏价值。

每每于看电视或散步时分，手中握着一块蜡石，温润细腻的感觉会随着神经抵达心脏，产生一种恒久的愉悦。揉捏的过程，血液循环加快，那些微量元素也随之四散，钻入皮肤、进入脏腑、沁入血液，让人体逐渐康健起来。挑选七八块满意的石头，放置于床上枕边，熄了灯，握起石头，在缓缓的揉捏中，身静心静，便能宁静地进入梦乡。我由此想到了佛珠的妙用。大小适中的蜡石，作为手玩，时时揉捏，对于长期失眠的人，真是最好的药方。

　　从石头身上，我不仅享受到实在的益处，更感受着无尽的愉悦与启迪。修成关外客，岁月不沾身——这是我的赏石美学，也是我的赏石密码。

2014 年

水润金洲

金洲便是"官洲"，后亦称"保婴洲""培文洲"。官洲先成，培文洲后生，一大一小，被浩瀚无敌的江水为媒，终至联姻，成为一体，形似马尾。土肥水沃，人们俗称"金洲"。金，金贵，在民间，总是最好的修饰词，在"洲"前冠以"金"，可见当地百姓对此的喜爱和珍视。"洲"自然离不开水，而这片坐落在皖河口上游、长江北岸的宁静沙洲，更是在水的滋润中，在乡民的打理下，日益肥沃富饶美丽起来。水，不仅滋养着金洲的百姓，滋养着金洲的万物，也滋润了金洲一方朴厚的世风和绵延的文脉。

1

今夏以来，我和安嫫、丁玲多次穿过西江大坝，踏上金洲。有时暴雨，有时热浪，暴雨和烈日不管不顾，总是扑面而来。水泥路上，天雨，流水潺潺，天热，暑气蒸腾。这老天爷，或许就是故意让我们感受着金洲多彩的个性。雨后的金洲，真乃尘埃不染、绿油盈嫩，如诗如画……烈日下的金洲，枝叶不倦，波光如镜，瓜果满枝……

隔着矮墙，农家的院落里，辣椒、茄子、丝瓜、南瓜……鲜嫩的头脸，或露于叶外，或藏于草丛，或匍匐于竹架，或斜伸于墙头。满地的玉米，齐刷刷临风摇曳，有的玉米棒子已经丰满得如村妇捶衣的棒槌，引人驻足。

猫腰钻进篓瓜棚下，阳光穿过枝叶的缝隙，大大小小吊坠着的篓瓜，翠绿的瓜皮与潮湿的土地上，像涂抹着斑斓的五彩，沁凉的感觉从手指上从脚心里传遍全身，丰收的喜悦也像阳光般温润着我们的头脸。

2

仁者乐山，智者乐水，金洲四面皆水，移居于金洲之上，乃为智者之选择。而这"智"，需得从"培"中来啊。这或许是金洲人后来命名"培文"的缘由吧？我穿行于金洲的房舍田园间，试图找到我对金洲最深印象"水润"的丰富注解。

芦苇摇，高雁叫，渔火点点船家笑。
西江水阔清浪涌，金豚一跃官洲闹。

好水，才能养豚。西江水滋养着世界濒危物种——江豚。在雨的缝隙里，水面上时常见到影子一闪，一跃，瞬间又钻入清波深水之处。辽阔的清波，优美的弧线，蓝天白云碧草，人字形雁群啾啾飞过头顶……立于金洲的西江水渚，长江江豚保护繁育基地，随手拍一拍岸边静默的小屋，滩涂停憩的小船，再把镜头对准水面，静静地等待江豚脱水而出，抓拍……谁说，这不是一幅最美的天人合一的图画？

3

金洲形成不过200余年，土肥水沃，吸引着沿江一带百姓纷纷迁入。大凡移民之地，所多的是包容兼顾之心。在金洲，温、良、谦、恭、让等传统美德，在回、汉两族间、在各姓氏间仿佛一脉相传。他们珍藏着祖传的《家谱》，将各自的"家风""家训"，深深植入金洲宽厚的土地，生根发芽，结出了更为丰硕的果实。在今天的培文，这样的包容体现在邻里相睦，长幼有序，婆媳相亲。村里的宣传栏里，美德习俗尤其醒目。耄耋教诲，黄口传扬：

一家有事大家帮，自套牛车自带粮，
虽非同姓胜同宗，先辈风范当褒扬。

大善若水。金洲人从踏上这块洲地起，世代就被水滋养着，润泽身心，涤荡尘埃。自然纤尘不染，人心向善。那一摞摞厚厚的《家谱》里，那一堵堵新墙旧壁上，古朴的民风民俗，传统美德，村规民约，以四言八句的形式，也像金洲的西江水，清澈而温厚，滋润着新时代村民的心田。漫步于村舍小径，不由得感叹不已：真不愧称为"培文"啊。一抬头，一瞟眼，到处都能看到朗朗上口的诗句。莫非培文村民们都是诗人么？

4

古人论诗，主张"不著一字，尽得风流"。而我说金洲水润，却句句难离开"水"字。水绕金洲，水围护着村庄，水围养着田园。门口有塘，屋后有渠。新渠旧沟，相通相溶，小水汇入江水，江水直入海水。水水相溶，仿佛心心相通。

金洲在水的团团包围之中，自然更加"金贵"。我第二次未约而至时，正是连日连夜暴雨之后的水涨船高时节，圩堤上搭起了值更的帐篷，飘扬着红旗。敞开大门的村部里只有一个借来值班的人，王进飞书记刘观宇主任等一干党员全上了圩堤。我知道，对于金洲对于培文人来说，2017年大水过后的冬天，所有险工险段的圩渠都早已经加固清淤，这自然少不了下派到村任第一书记的朱长中的功劳。记忆中所有丰沛的雨季，对生活在金洲上的人们来说，注定都是提心吊胆的。这个夏天或许又要同"水"有一番较量。在人们心目中温和仁慈的"水"啊，时不时也会以另一种面目另一种方式提醒着它的子民：善待与感恩。无论对大自然还是对人类自身。

培文人聪慧而快乐。他们的日子就像田地里的庄稼，蓬蓬勃勃长势喜人。只要播种了耕耘了，就不用杞人忧天，时节到了，金洲这块慈祥的水土自然不会亏待热爱她的种子。就像看了整天的龙舟赛一样，人们的梦境都是满足而甜蜜的。培文人相当自信而满足，一举手一投足，那些骨子里的自信时时处处便显现出来。不信，你听听学校门前那些蹦跳着的幼儿吟唱的歌谣——

我是培文人，一专又多能，高跷、舞龙、举石锁，唱戏人人行。端午赛龙舟，明月伴抵棍。要不我俩摔一跤，扳腕更带劲。

我所见到的金洲人，人人脸上都洋溢着笑意。黄发幼儿亦是，豁口老者亦是。

流水不腐。金洲四面水流不断，大水滔滔，小水潺潺。金洲人因而不但聪慧，而且思维活跃，与时俱进。村支书王进飞开拓进取，飞出去又飞回来，富了不忘乡亲，返乡创业，正依托金洲丰厚的水资源，准备打造一个全新的"水"世界。

穿过迷蒙的雨雾，我仿佛看到了抗日战争时期的金洲人藏于芦苇树木丛中，抗击日寇保卫家乡的英勇。先辈们这样的血气，自然潜移默化，丰盈着后人的血脉，像金洲周边环绕的"水"一样，世世代代滋润着金洲人。

2017 年

　　门口有塘，屋后有渠。新渠旧沟，相通相溶，小水汇入江水，江水直入海水。水水相溶，仿佛心心相通。

先锋街的先锋牌

一座城市有一座城市的个性，就像一个人一样，五官、毛发、皮肤、四肢，构成他的外表。外表一望而知，而他的内脏、他的精神世界则要在很长的时间里，或通过一定的手段，才能知晓。

我所居住的是个小城，有800年历史。东晋名士郭璞曾赞叹曰"此地宜城"，因而后来别称"宜城"。老城墙为南宋嘉定年间修筑，现已不复存在。曾有6座城门，也已不见踪迹。而今的这个小城，空中有飞机轰响，地上有宝马奔驰，像全国的大多数城市一样，人们的日常生活水平提高迅速。虽然常住人口不足100万，但现代化的生活样式与大都市相差无几。

小城里有条老街，名叫"先锋街"。这个先锋街，南北向，宽不过十几米，长不过200多米，步行只要2分钟。经过这条小街，谈不上漫步，只能匆匆而过。地上拥挤杂乱，空中油烟飘散。它无法与湖心路相比。没有花草，没有树木，没有赏心悦目的草坪，更没有现代化的雕塑。对我来说，它只是一条路，连接人民路和华中路的一条过道，仅此而已。但因为走得多，也就琢磨得多。大凡作街道名的，有的是地名，有的是纪念性的人名，还有的是美好的展望，或者特色名称。名称是一种文化，这种文化大都涂抹着时代和地域的色彩。

那这条街为啥叫"先锋街"呢？

它很先锋吗？若论美观，它自然比不上菱湖南路、菱湖北路、湖心路，若论繁华，它与人民路相差很远。它只是一条很小的街道，夹在居民小区的中间。自然，这里的店面大多是小吃店，屋檐下摆着大瓦罐，炒菜的锅灶，屠凳，菜车，招牌五花八门，街边停了许多电瓶车、摩托车、小轿车，显得拥挤而随意。靠北的街口有一所小型医院，中间是社区居委会卫生室，南边的街口还有一个很小的私人诊所，一所小型超市、一家煤气公司、一家缝纫店。民以食为天，自然，吃是主流。讲究吃的人一般不愿吃星级饭店的大餐，喜欢到小街小巷寻访小吃。特色小吃往往喜欢躲在小街上。就像一个喜欢吃零嘴的人，常常把糖果、花生米、核桃仁、瓜篓子之类，偷偷揣在口袋里一样。老母鸡手擀面、瓦罐煨汤、桂林米粉、胖嫂汤圆、南京馄饨、牛肉面馆、现磨豆浆等等，熟食店、咸菜店、烟酒店，一样不缺。半夜三更，还有吆五喝六的猜拳声，从敞开的门里飘出。

尽管是个小街，灰头土脸的，但也不乏一些时兴行业。有装修靓丽的吉他艺术中心、视力健康工作室、自助银行、保健按摩所、牛奶配送中心、广告装饰公司、网吧、彩票投注站，还有一家棋牌室。

先锋街像个忙碌的家庭妇女，身上沾满劳作的油污，咋一看，很不起眼。

走过无数遍后，我终于恍然大悟。原来街道两边的店门前，竖立着3米多高的牌子，上面是人物姓名、图像，背面还有事迹介绍。袁隆平、钱三强、李四光、华罗庚、爱因斯坦、牛顿等，一个个在这夹杂着油烟味的空气中，注视着路人们。14块牌匾，一边7块，东边是中国人，西边是外国人，他们犹如巨大的路灯，相对而立，照耀着路人通过。

大概这就是"先锋"的含义，街道、居委会的工作人员们也确实费了一番苦心。可惜在杂七杂八的店铺包围中，这些牌子几乎都被店面的招牌挤得歪斜了，甚至遮挡了，如果不留意，根本看不清牌匾的面貌。

我有些伤感。我不知道这些牌匾是哪年哪月竖立在这里的。不用说，当初街道干部们的用意是多么的美好。他们大概也像我一样，灵魂深处常常闪烁着理想主义的火花。但时光总是充满现实的烟火。我们踏着现实的土地，谁都避免不了被烟熏火燎。而今，走在这条街道上，琳琅满目的都是实用型的店铺、医院，早起卖菜，晚上守摊，平凡得不能再平凡的日子。而那些伟大的理想与信念都只停留在过去的岁月，留下来的只是围绕吃喝拉撒、生老病死，这些与百姓密切相关的东西。

2012 年

迟到的花期

沿着盘山公路，车子直接上了半山腰的丫山风景区。

展现在我们眼前的是一片徽派建筑，这就是丫山花海石林景区的西山宾馆。

丫山景区峰林相望，奇石妙肖，峡谷神秘，瀑布珠帘，阴翳蔽日，不愧为"国家 AAAA 级景区"，也难怪唐代大诗人李白曾三次寓居于此。好酒壮儿胆，美景养人心。诗仙临别南陵，豪情满怀，留下脍炙人口的诗篇："仰天大笑出门去，我辈岂是蓬蒿人？"南陵也因此而让更多的后人所倾慕。

早听说丫山的"花海石林"，如今一见，名不虚传，漫山遍野的都是石头。但这里的石头，如若叫它"林"，则可称为"灌木林"。其色灰，其个不大，险峻逊于天柱山，形怪不若巨石山，不险不奇，不狂不放，似乎缺少棱角。同行的文友说，倒像一个个的舒体字，不是狂草。我对此喻满口赞同。导游指指点点，说那是骆驼那是猴子等等，我们附和着笑笑。其实，综观所有景区，哪个称谓不都是观者的想象？仁者见仁，智者见智。导游的解说无非给我们指一条思路，到底这石、这山、这景区展示给游客的是什么，给来者什么启迪，则是靠来访者各自的悟性和造化了。

灰石群形成于 5 亿年前，远古得超出我们肤浅的想象。曾经的热带潜海，而今的高山石林。我们这些匆匆的过客，只能感叹沧海桑田，感叹造化的神奇，同时也感叹自己的渺小，感慨人生的短暂。也难怪孔圣人曾对着溪流感慨"逝者如斯夫"！

有人说丫山，半山石头半山花。我们来丫山，更多的是为看花。倒是这花，称它为"海"并不为过。或路边，或石缝，或山腰，或山顶，从下往上，一垄垄，一层层。层层叠叠，并非天然，全是人的功劳。这是牡丹，国花。200 多个品种，万亩牡丹，依山层叠，蔚为壮观。花开时节，姹紫嫣红，淡淡馨香，令人沉醉。

可惜，我们来的不是时候。支支牡丹，在春风中竞长，含苞却不放。不知是不愿意为我们而开，还是我们没这个福气。我们这群文人，被浮躁的时代遗忘在寂寥的角落。富贵的牡丹花，早被千年的赞美浸润得孤芳自赏，它喜爱艳阳和春风，喜爱赞美，喜爱热辣辣的目光。文人总是满腹经纶，对人对事，很难随意附和，更多的时候，仍然表现出自己的率真和坦荡，以及由此而产生的思索。当年京城长安的牡丹，因不屈从于则天皇帝的天威，"花须连夜发，莫待晓风吹"，众花多开，独牡丹不从，而被贬洛阳，也因此成就了"洛阳牡丹甲天下"的美誉。

其实，世上的事，有得必有失，自古而然。

3 月的暖风中，走遍南陵的丫山，遍寻层层叠叠的牡丹。枝叶茂密，却不见花开。千年后的它们，同样傲然而立，不见桃花之妖艳，也无梨花之素丽。哪怕一支，都不愿意为我们这群文人开放。到底为啥？是嫌弃我们的媚俗？还是嫌弃我们的落伍？猜测感叹之余，我们自诩为经典满腹的文人，是否能从中有所启迪？

这样的牡丹花，让回到长江边的我，在回想起来时，仍然更加敬佩和向往。

听说景区的山中有个村落，姓孙，三国时孙权的后裔，为躲避战乱，迁入山中。慕名而往，却令我们有些失落。几条青石巷，散落在新楼旧舍间，既不古朴又不见繁华，满目垃圾。村人们席地而坐，好奇地看着我们这些来访者。当年称霸东吴的孙权，千年之后，其子孙也对平庸的日子自得其乐了。他们的祖先曾凭据长江天堑，令大江两岸战乱频仍。其实，千年以后，其子孙宁愿躲进山中。

时令不到，花不会开。

谁能令花期提前呢？

2011 年

春访三祖寺

我和石楠老师赶往天柱山三祖寺时，正是雨后天晴风清气爽的蚕月。

一路上，石楠老师叙说个不停。她这是疫情以来第二次出小区大门，我也是鼠年来第一次见到她。她还戴着口罩，对疫情仍心有余悸，说一起去三祖寺，不仅仅是去拜访宽容法师，更想去天柱山大自然的怀抱吐吐气。

进入后院，便闻悦耳的铃声随风轻唱，舍利塔的翘檐上挂着风铃，佛音不绝于耳。申时的阳光透过法堂的木格子窗棂，斜斜地照射着盘腿而坐的宽容法师的头脸，祥和而温暖；原木的茶台两端各有一瓶百合花，香气四溢。置身于这静谧肃穆的佛门圣地，我们的心自然很快便安静下来，静听法师的开示。

法堂的西墙挂着三幅禅画，案几上还摆放着一幅"茶禅一味"的牌匾。宽容法师是个博学的禅师，一边喝茶，一边从容而有条不紊地讲述着三祖寺在中国禅宗发展史上的重要作用。

三祖寺是中国禅宗六大祖庭之一。是三祖著述、弘法、传衣、圆寂之地。而其独特的地理位置，是其他祖庭无可比拟的。

三祖不仅在此找到了衣钵传人四祖道信，完成了《信心铭》，还传教出越南禅宗初祖毗尼多流支，其功德高深达到了生死自由的境界。三祖亲撰的《信心铭》，是中国禅宗史上由祖师亲笔撰写的第一部关于禅宗的重要经典。毗尼多流支著述颇丰，法音远布，在越南的影响力不亚于中国的达摩始祖。而三祖的"立化"更是无与伦比，突破了时空限制。

三祖僧璨大师一共有两位著名弟子，第一个是四祖道信大师，而另一个就是越南禅宗始祖毗尼多流支。毗尼多流支曾跟随僧璨大师修学佛法，后来听从僧璨大师教诲，赴越南创立禅宗，广结善缘，弘扬佛法，造福众生。毗尼多流支在越弘法 14 年，临终前将心印（意即不立文字，不依言语，以心为印）传授弟子法贤。对越南佛教的发展做出了很大贡献。

在中国禅宗史上，未曾述及三祖与毗尼多流支的师徒关系，而在越南的佛教史书中，则有明确的记载。近些年，两国两地僧侣之间因此而交流频繁，加强了佛教文化的传承与发展。

2019 年 11 月 27 日，越南胡志明市竹林正觉寺方丈通根法师，率团参访中国禅宗祖庭之一的三祖寺，受到三祖寺住持宽容大和尚的热情接待。宾主双方欢聚于法堂，禅茶一味，友好交流。宽容大和尚欢喜地说："天下佛子一家人，中越两国佛教一脉相承，法谊深厚。"两位法师开示期间，宽容大和尚先向越南参访团一行介绍了三祖寺从宝志开山、三祖驻锡，到四祖接法的悠久历史。宽容大和尚还赠予通根法师特制的三祖佛钵和三祖著作《信心铭》，寓意中越两国佛教衣钵传承，法乳一脉。

三祖寺为南朝国师宝志禅师开创，是禅宗六大祖庭之一。隋初，禅宗三祖僧璨来此弘法教学，并传衣钵给四祖道信，于公元

606 年在此立化，故称三祖寺。唐乾元元年（758）诏赐寺名三祖山谷乾元寺。

宽容法师对当今形势了如指掌，他觉得，佛教文化在我国一带一路战略决策中占据重要地位，而安庆的禅宗文化完全可以打造成国际品牌。

他兴致勃勃说了一个故事。前几年，安庆市一个代表团要去美国招商，出访者们很认真地做着前期准备工作，如何才能引起美国人的兴趣，话怎么说，则是首要考虑的。黄梅戏是安庆的一张名片，但黄梅戏在美国，人们看不懂。想来想去，只有禅宗文化，还是能引起共鸣的。于是，有人想到了苹果公司的创始人乔布斯。1991 年 3 月，乔布斯和劳伦在约塞米蒂国家公园举行了传统的佛教婚礼，之后，乔布斯与夫人一直是素食主义者，佛教文化深深地影响着乔布斯。

于是，一则颇具吸引力的广告语便出台了——

乔布斯改变了世界，佛教改变了乔布斯。安庆，是中国禅宗的发源地。

这样一说，便极大地吸引了美国人的目光，成为招商引资工作中的佳话。

宽容法师是中国禅宗第 43 代传人。他志存高远，目前正在完善三祖寺的唐风建筑群。所用木头是非洲的红木，唐瓦在国内还难找，托人从日本带回样品，找瓦窑定制。他说：我们不是做建筑，而是做文化。目标是今日的精品，明日的文物。

凤凰山上话西风

这是庚子年的 4 月，谷雨前一天，我一直在等着下雨，但雨说下而未下，凤凰山与花亭湖和我一样，无风无息，无波无澜。疫情已渐渐远去，西风禅寺还未开放。选择这个时节前来，就是想体味体味空寂的静穆，或许也能如某根远古的琴弦，被白拂随意一扫，弹出一缕梵音，让我能于静谧里顿悟禅宗文化的精妙。

傍晚 4 点多，天通住持还未回寺。等待的过程正好参观。出寺院后门，便见西风洞。一石壁立，一石覆盖，洞口朝西，洞内宽敞凉爽，是五祖当年修炼之地。五祖修炼之时，炎炎夏日，西风直入，无草无蚊，可以心无旁骛。而我们背着晚春的暮云天色，肃然默视，微风了无。嘉庆状元赵文楷曾作诗云：古寺云深处／扪萝问牧童／鸟盘秋色外／人语暮烟中／厨盖千年石／崖呼半夜风／暂抛尘梦去／禅榻一灯红。

五祖的清心，我这样的凡夫俗子是难体会的，但与赵状元倒是有些同感。可惜，此时此地，既无牧童也无夜风，只有漫无边际的"静"。

往山顶走去，山色空濛，漫山新叶，巨石如斧劈，空气格外清。到得山顶，眼前一亮，一丛丛的蔷薇花、棠梨花清纯而灿烂，树林里的杜鹃花，一抹残红，仍在坚持着。

唐朝大诗人白居易有诗云：人间四月芳菲尽，山寺桃花始盛开。长恨春归无觅处，不知转入此中来。

确实的。立于山顶远眺，花亭湖尽收眼底。整座寺庙，坐东朝西，背依凤凰山，前览花亭湖，是块上好的风水宝地。

5点多，在接待室我们见到了天通住持。天通师傅点燃一柱倒流香。看着青烟在眼前曼妙地流动，听着他谦逊的声音在轻言缓语。我心里的庄严感也随之升腾起来。天通师傅说：我才学能力都有限，只能为禅宗文化的发展尽点绵薄之力。

原来，下午他是去找县长协调别的寺院停车场之事。担任安庆佛教协会会长后，全市390多家寺庙，很多俗务需要他出面协调。

天通住持慈眉善目，生就一副福相。他14岁出家，进了西风禅寺，而今已是30多年。西风禅寺在改革开放后的辉煌发展，由两重老佛殿到如今雕梁画栋的建筑群，20倍的放大，他不仅是见证者，更是建设者。近几年，当地文化名人余世磊等人致力于佛教文化的搜集整理，并协助天通和尚正在将西风禅寺打造成文化寺院。我们眼前的寺院里，画墙、图解、偈语、茶室、书画院、禅宗博物馆……一踏步、一抬头、一转身，一字一图无不令人思悟，真乃：步步莲花、处处弘法，文化寺院已初见规模。

入夜，便留宿"一味阁"。"一味阁"，盖因"禅茶一味"之故。这阁楼依山傍水，整栋大楼里空空荡荡，窗外就是悬崖峭壁，探头望望楼脚下黑黝黝的湖面，胆寒心颤，雨雾笼罩着湖与山，笼罩着山林环抱的寺院。这个夜晚，别样的寂然无声。我眼前仿佛出现了唐朝贞观年间的法智禅师，弘法宏愿，初建道场于此，终得以形成七重宝殿的宏大规模，香火日兴。此后，历经多次兵燹，寺僧建小庙以维系香缘。改革开放后，有关部门给予大力支持，僧众信徒顽强努力，西风禅寺遂形成今天我们所见的规模。

人生在世，几十年光阴，穿梭于凡尘中，物欲与喧嚣太丰繁，终成累赘，而清心寡欲，修禅施教，未尝不是一种较好的精神寄托。今夜，依山傍水的西风禅寺，鱼不跃鸟不鸣，这样的安静，或许正是我多年所觅的圣境。

这是一种了无杂念的"静"。在城里住久了的我，耳边没有了喧嚣反倒顿生莫名的不安全感。我仔细检查了门窗，于过道上留一盏长明灯，照亮这山林间的漆黑。

其实，我本无需惶恐。这里是佛门圣境，佛本慈悲，容不下邪念邪行的。境由心造，惧怕，纯粹是自己的感觉。想到此，我心渐静渐安。

窗外静谧，禅若静湖。

翌日晨起，微风细雨，友人吟出一句：出门洗心耳，绕阁揽清风。我觉此句甚好：以动写静，情景交融。遂以之作结。

2020 年

江边看客

从我住的小区步行到江边，也就三两分钟。

是江上过往船只悠长的汽笛声，牵着我还沉迷在冬日的脚步。

出小区南门，过沿江路，钻过永久防洪大堤高大的门洞，眼前顿时豁然开朗。宽阔的江面，水流滔滔，缓慢驶过的船舶，偶尔拉一声长笛，悠远的声波沿着水面荡漾开来，回音钻进耳鼓，就像春日的号角，鼓起长长的冬日憋闷在人心中久违的振奋。远远望去，对面的那片土地，从去年开始，一栋栋黝黑的新楼正渐渐长高。脚下的滨江公园，草坪上已经开始冒出浅浅的绿意。近水的土地，栽种最多的就是柳树。暖和的阳光连续抚摸它三五天，叶芽眼看着就从豆米般大小长成三瓣叶子，细细的尖尖的，碎碎的蛋黄色的花蕾夹在中间，千丝万线垂挂着，满眼一片绿雾。蔚蓝的天空中，几十只风筝竞相翩翩飞舞，顺着风筝的飞向，你会慢慢发现那些牵着线的手，昂着观望的头，不仅有活蹦乱跳的孩子，还有朝气勃勃的青年，也有老成持重的中年人。光洁的石板广场上，轮滑的孩子相互追逐着，大汗淋漓地抒发着他们童年的欢乐。有群跟着佛乐跳舞的老妇，占据了林中的大片空地，她们的舞姿看上去很滑稽，不管节奏，不论优美，能够活动活动筋骨，放松放松心情，这就足够了。林中静谧处的木凳上，小青年小姑娘戴着耳机，安静地一边听着音乐，一边看手机网。我想，如果眼前的这幅图画里没有手机和 MP3，这跟千年前的《清明上河图》有什么区别呢？水边还有垂钓的、扳罾的、围观的……就像赶市一样。我有多久没来江边啊，这游人咋就忽然多起来了呢？

今年的春天正应了李清照的那句"乍暖还寒时候"，春节那几日，暖洋洋的仿佛端阳时节，不等回过神来，大雪又铺天盖地，然后又回暖，再冷几日。江边的风更大更冷，这几年我也变懒了，早上贪恋被窝，总怕晨风的寒冷。日复一日，进取心也就被慢慢地消磨掉，也快成一个江边的春日看客了。

防洪大堤的设计是很科学的。上面可以漫步看风景，有凉亭、有木凳，下面是一间间的小屋子，这是迎江区的花木销售市场。全用来销售花木、奇石之类，跟江滨鹅卵石铺就的曲径、随风飘动的垂柳、含义隽永的石雕、精心种植的花木浑然一体，组成了美丽的"滨江公园"。

假如安庆哪位画家能把这江边之景画出来，比那幅名画《清明上河图》绝对不会差多少。这样的春日，这样的人群，不仅让人感受着悠闲的乐趣，还叫人心中渐渐萌生出跃动的生机。

公园是用来休闲的，设计理念自然体现出"曲""幽""美"。曲径穿行于垂柳之间，细小的鹅卵石很精致地排出一些图案，几个六角凉亭也是不规则地连缀在一起，石雕的内容全是安庆市人引以为豪的历史。对此，陌生的游客会饶有兴致地一一拍照。而常常到江边来漫步的人，或许是看惯了，走惯了，就只顾自己的感觉了。许多人坐于木凳上，津津有味地看狗们在草坪上追逐嬉戏。沿着江边有条一米多宽水泥路，可旁边的草坪上却也赫然踏出一条几十公分的土路。人啊，总是改不了自己的劣根性，即使是在公园，本就是来感受过程快乐的休闲之地，却还是少不了只顾自己的方便，多几十步的路就是懒得走，非得把一个好好的草坪赫然从中间踩出一条不雅的土路来。

　　扳罾人的周围远远近近围着一圈看客。扳罾是个古老的捕鱼方式，在一个现代化的城市里出现，这让人感到十分惊奇。物以稀为贵，看客自然就多，这也不足为奇。我还是多年前在婆婆家见到过。一张大约四到六个平方的大网，四角用半圆形的细长竹竿固定起来，用一根粗长的竹竿挑着，绳子系着，放入江水之中，过了10来分钟，脚踩住竹竿尾端，双手拉绳，大网慢慢浮出水面，懵懂无知的小鱼儿就在网里惊慌失措，蹦跳不休。老公告诉我，那就是扳罾。我公公家就住在小孤山上游的江边，家里墙壁上挂着的大网就是这种"罾"。闲来无事，他也去江边，弄些小鱼回家，换个口味。这个扳罾的人大概也有60多岁了，一个人忙上忙下，挺精神。边上的看客太多，二三十个，坐着站着，看得兴趣盎然，关注着每一罾收获的多少。出水时偶有大点或者多点的鱼儿，就会不约而同喊一声"哇——"。这几年，我时常看到这个老头来扳罾，每次也伸头去望一眼，见他的篓子里都有不小的收获。在乡下，是没有人去水边当看客的，各人都在忙着自己田地里的事。只有城里，闲人太多，看客自然也多。看归看，却总没见人们学着这么做过，年年只见这个熟悉的面孔在旁若无人地做。古训中的"临渊羡鱼，不如退而结网"，在我们这个城市，是难以找到印证的。一大圈人，坐着，面对着江水，看一下午。我不知道，那么多的头颅里，是否有个脑海里会掠过"子在川上曰：逝者如斯夫！"

喜欢看，似乎是这个城中人的一大特点。街道边，公园里，看人下棋，看人唱戏，看人垂钓，看人施工……总而言之，闲看的人太多。想吃鱼便买，买鱼不但不贵，卖者还会给你杀好，干吗还费力去张网去捕？这肯定是大多数人的想法。人们总喜欢图方便，图结果，真正愿意感受过程快乐的人，像这个时常来江边扳罾的老者，能有多少呢？

我独自在林间的鹅卵石路上缓行，脑海中杂乱无章地想着一些与自己的工作和生活都不沾边的问题。那些听着佛乐而舞的老妪，她们的心中充满的是"行善""不杀生""因果报应"之类的观念，江边钓鱼捕鱼的人群里，我是从未见到过一个老妪的。

回来的时候，我顺带买回两盆玉树。移栽，换盆，忙活了好一阵。屋子里就忽然多出一份春意来。

2014 年

居室里的风雅

　　日子过好了，人们自然会讲究精神追求享受。当今不少高雅之士，喜爱徜徉在书画廊间、古董行里，欣赏、求购、收藏字画和古董。

　　"室雅何须大？花香不在多。"确实的，无论大小居室，挂几幅字画，品位就不一样了。名家的字画自然更有档次。近些年的书画家非常吃香，我的几个画界朋友四处奔忙，采风、笔会、宴请，有时还请不动呢。

　　我家里也收藏了不少字画，这很让我自喜。挂在墙上，既能自励，又平添许多风雅。自己喜爱的东西，才会挂于眼前，日日过目，必定会潜移默化。人的志趣会在不知不觉中高雅起来。

　　最早挂在我家客厅的是王孟鸣的一幅《山风》。山石嶙峋，疾风劲扫，让人感到萧瑟而冷峻。把我姓名中的"岚"字拆开，便是"山风"。王孟鸣是我敬重的一位画家，他任宿松县美术家协会主席达十几年之久，素描、版画、水彩都擅长。曾经下派到山里挂职，回城后开了一次个人画展，全是挂职期间的画作，其中以水彩为主。整个画展给我的印象，就是一系列的山村印象：

烟雨迷蒙，绿树环绕，鸡鸣狗吠，炊烟袅袅，美丽而平和。王孟鸣后来改行，办起了教育，而今也非常成功。只可惜，从此少了许多画作。

我书房有幅长6尺的横匾：存养读书心。安徽著名书法家冯仲华先生的墨宝。前些年每到岁末，我们市文联总要请几个名气大的书画家办一次笔会，将笔会的作品当作礼品用于工作往来。我们这些工作人员，近水楼台，自然各取所爱。冯老是著名书家林散之的关门弟子，其楷书稳健雅洁，深得我喜爱。后来我干脆登门拜访，讨要了一幅"虚以养德，静以修身"挂于客厅。冯老是个德高望重的长者，为人谦逊而不张扬，和善而不苛刻。

陆平先生的花鸟画，富贵而幸福，很适合给现在的新房添景。我客厅进门的这幅"富贵神仙"，让室内氤氲着祥瑞之气。几枝牡丹，几棵水仙，红花、墨叶、绿杆，简洁而不臃赘，主题突出。陆平先生是以版画见长，国画也很不错。

我的居室自名为"兰园"，室内自然少不了"兰竹"。这幅兰竹图是房学蓬先生的作品。房先生目前担任安庆市书画院院长，曾师从名师李苦禅，潜心国画的探索，并融汇中西，追求沉稳厚重的艺术风格。大前年去青海德令哈参加艺术节，他对艺术的执着与勤奋给我留下深刻印象。36℃的高温天气，整个上午在广场上，他居然不喝水，拿着相机只顾拍照，以致当晚肾结石发作，疼痛难忍，只得赶到西宁去手术。这幅兰竹图，墨竹幽兰，摇曳多姿，6尺的横幅，疏密有致，给我的新居带来一股春天的气息。

青年才俊胡越忠擅长工笔画。他是个转业军人，办公桌边摆着画板，时常利用空余时间打稿、着色，细细加工。从朦胧到栩栩如生，一幅画要费很长时间。淡雅的几片荷叶，两三朵莲花，浓墨重彩的一只黄鹂，那眼神那羽毛那色彩，出神入化，我似乎能听到它在莲荷间的婉转轻鸣。

当今书画家一般最怕别人讨要作品。这是商品社会，什么劳动都能用价值衡量。一个瓦工在海南每天能挣到四五百元，单凭时间来衡量一幅画或者一幅字，价格本就不菲，何况还得算上艺术价值。安庆文联的王泽辉先生虽是文联领导，平时行政事务也不少，应酬颇多，但他的办公室就是字房，一有空就写，写好就挂在墙上，来串门的朋友讨要，看中哪幅就哪幅，有时主人还热心推荐自己喜爱的作品。王泽辉为人谦和，热忱，其字朴厚端庄，有如疏雨落尘，字字有声。

我的新居里，虽不见刘禹锡的苔痕和草色，但每天与书籍做伴，竹墨兰幽，荷香字雅，恰如怀璧自珍，乐在其中矣。

2012 年

两棵桂花树

　　我伫立在二楼的阳台，已经很久了，腿有些酸。四周的鸟鸣让尘嚣远离我的世界。这样宁静的时光中，我独自感受着阳光的伟大和宽容。前楼和后楼之间，不到 5 米的间距，这个小小的院落，被楼房灰色的混凝土墙壁围困着。桂花树、石榴树、枇杷树，还有院墙上爬满的金银花藤条——是它们，让逼仄的空间生动起来，有如温柔的手掌，把人心的郁闷和烦躁渐渐拂开。秋天的时候，阳光的金穗会慈爱地伸下来，从上午 8 点到下午 1 点，细致地把桂花树的枝叶涂抹得金光灿烂。

　　两棵桂花树，相隔不到 3 米，一棵靠近院墙，一棵在院子中央。

　　十几年前，它们来自于同一个母亲，同时离开老家，同时来到这个新家，无可选择地成为这里的一员。

　　每天一起看日升日落，每天一起听风声鸟鸣，每天一样享受主人的眷顾和关照。夏季里，井水喷洒的清凉，冬季里，饼肥滋养的肥沃。日子舒适而温馨。

　　日复一日，年复一年。秋天又到了，晨起打开大门，一阵沁人心脾的馨香，直钻入心田，令人为之一震。哪里的花香？抬头四顾，我家房前，靠墙的花池里，栀子的叶子青翠得很，它的花期早已过去，它已是沉静的中年，心如止水，微波不兴。只有石榴的果子挂在枝头，绿叶间伸出红红的笑脸，在微风中大胆地招摇。

分明是桂花的馨香。细细寻去，我家房前的桂花树，这棵十几年前就落户在院墙边的桂花树，懵懵懂懂的样子，无瑕地展开着疏散的枝叶，仿佛不懂风情的少年，眼神纯净而不见一丝杂念。仔细寻找，枝叶间见不到细碎的花粒，哪怕一点点。

一阵风过，花香钻进心脾，五脏六腑顿如飘上云端。这芳香分明就在近处。

芳香萦绕，满院满楼。顺着丝丝缕缕的香气寻找，果真就是那棵桂花树，那棵栽种在院子中央的桂花树，它枝繁叶茂，天生丽质，气宇轩昂，仿佛"官二代""富二代"的样子，紧束的枝叶，仿佛画家用重墨泼洒一般。凝眸细看，枝条上，橘黄的颗粒一串串的，秋高气爽，独占三秋压众芳。

高墙挡不住，香源就在这里啊！

一棵高大茂密，一棵瘦小稀疏。

我不禁诧异起来。这两棵树，原本是从一个母本上压条来的，同时移栽，一样的浇灌，为何如此迥然不同呢？

看来看去，我终于明白了，它们不一样的地方，仅仅是空间大小的不同，属于它们各自的空间的不一样。我面前的这棵，靠近墙壁，它的胳膊和腿脚都局限在有限的花池里，无法自由地伸展，甚至它的呼吸都只能是轻微微的，不敢惊动四邻。

三面都是墙壁，这棵小小的桂花树，被高墙围护着，深秋的严霜侵袭不了它，冬天的冷风也摇不动它的肢体。它长年到头享受着温情的呵护，但她却枝少叶疏，瘦弱不堪，色泽枯涩。它似乎在渴望阳光。

唯有每天的上午，光线在叶片上轻轻地抚摸。感谢这短暂的拜访，让这棵桂花树一直心存向往。

我长久地倾听着，终于懂得了桂花的言语。一棵树的反抗总是独特的，也是坚韧的，它选择了缓慢的生长，迟开的花期。这是一种至上的反抗，也是一种智慧的禅定。

生在墙跟也不愁，看风看雨看日头。何当净洗红尘梦，香开一枝遮醉眸？

2011 年

美丽的岳西

"美丽"这个字眼太俗气太普通，对一个非本土的外乡人来说，没有少年时的游戏，没有青梅竹马的伙伴，没有田地里的牛羊，没有山坡上的鲜果，没有溪流中的戏水……总而言之，记忆中没有掺杂一丝一毫少小时的感情因素，而是中年后的一次相约，只一瞥，一聊，便认定是自己心目中的理想境界，是"西天净土"。这样纯粹的心动，你说，如此一方圣地，仅仅是"美丽"一个单薄的词就能概括的么？

这是"岳西"！城虽不大，却宛如懒理世事的处子，静静地盘坐在山脚下，青山环护，绿水漪澜，红蜻蜓花蝴蝶，水天一色，竹笛横吹，清风悠悠拂面。大别山腹地的岳西县城，天际大酒店，宽敞的院子里，一夜之后，车子外壳上，手掌居然摸不出一丝灰尘。纯净得让人疑惑。

临水公园里，早起晨练的人们，却如大都市市民般时髦，跳舞，散步，打太极，朝气蓬勃，衣袂飘动。日出前初夏的爽风，令人神清气爽。

岳，是大山。古南岳之西，更是大山。整个岳西，躲在大山深处。这座天然的大花园，保存完好，发育成熟。景区有 20 多个，景点 180 多处。云遮雾绕的地方，"猿猴愁攀援"，自古以来，外乡人总是望而却步，不敢涉足。唐朝李白周游九州，独怕蜀道，作《蜀道难》，长叹"蜀道难，难于上青天"。而多年前的岳西，对普通人来说，不亚于蜀道。十几年前，我的第一次拜访，就被它绕得晕头转向，从没晕过车的我居然一路晕车。环护在大山深处的风景，让我心生向往，却又心生恐惧。

正在修建的高速路，仰望，高近百米，飞架于两山之间，在我眼里，那桥墩多细啊？谁敢在上面行车？而恰恰，我第一次当驾驶员，第一次握方向盘上高速路，却是奔赴岳西参会。抓紧方向盘，目不斜视，战战兢兢奔驰在两山之间的高架桥上，刚过了一条长桥，旋即又钻进一条又暗又长的隧道……心，便一直紧紧地吊着，直吊到收费站。

明堂山，我去过；烈士园，我去过；鹞落坪，我去过；伍子胥过昭关，一夜间急白了头，那个大名鼎鼎的昭关，走过去就是湖北的地界，寂寥的公路向远方延伸，幽深的古木仍然矗立在我的记忆里。

岳西的山水，青青的，净净的，一直如画幅般，悬挂在我的脑海里。

眼前的这挂飞瀑，更让我惊奇。谁能想到，躲在深山中的黄尾镇，这个只有 8000 多人口的小镇，居然有高速路的出口，而且出口处一公里，就是"彩虹瀑布"景区。

林密峰高，飞瀑流响，泉水潺潺。沿溪边有石径，鹅卵石环溪而散乱堆砌，大如卧牛，小如鸠卵。景区门口望不见飞瀑，它藏匿在大山的深处。至飞瀑有两条路，一可沿石径步行，曲折盘旋，沿路观山景，拍玉照，过吊桥，九曲十八弯之后，才可远眺飞瀑。如果懒得慢行，则可坐助力车，迅疾而上，观飞瀑之后，至漂流起始处，两人一组，坐气垫船，沿溪流而漂。有落差，有曲折，漂得浪漫而刺激。激流飞溅，一个急跃，再猛然落下，溅起一片水花，哗啦啦——湿透全身。笑声荡漾。这挂飞瀑，活力超群，汲取 60 平方公里山林之母乳，凝聚无数时间与空间的积累、沉淀、酝酿，至此尽情挥洒，以优美的姿态、激越的歌唱，完成一个最辉煌的形象，展现在游人的眼前。并且，还会长此以往，周年到头，永不停息……

彩虹是炫目而短暂的，而这挂飞瀑却不会止息，只要青山依旧，它决不会停止它的前行和歌唱。

悠悠的吊桥上，沐润着清凉的水丝，旅人在此多驻足一分，定会对生命多一分新的感受。

岳西的景区，全都有山有水，山水皆秀。比之于杭州，虽少一些浩瀚，却多了一份峻峭；比之于黄山，虽少一些雄奇，却多了许多清丽。圣洁，纯净，是我的第一印象；可能也是大家的共同印象吧。

岳西，自然的圣土，人文的都市！是奔忙于喧嚣中的旅人，最向往的洗涤身心的地方。

2013 年

解读"芦泡"

"你真是个大loupao！"宿松人在一起聊天时，时常会听见有人评价或调侃别人是"loupao"。说的人面带怪笑，听的人面红耳赤。方言与文字常常是脱节的，我学的是汉语言文学专业，有时候不免喜欢琢磨方言发音相对应的文字，但一直找不到合适的文字来给"loupao"做字注。故而时常给唐爱华教授提供一些素材，唐教授是我小学到高中的同学，现在某大学研究方言，曾经著有《宿松方言》一书。那是一本纯粹的学术专著，不是大众化的读本。"loupao"一词到底是啥字，书中也没有涉及。记得宿松老宣传部长陈海生先生也写过一本《宿松方言趣谈》，可惜我找了半天没有找到。

春天犹如守信的朋友，总是如约而至。柳绿桃红，安庆市滨江公园的闲散人、宠物狗们也多了起来。每天晚饭后，我与老公喜欢去江边散步，一路聊些可有可无的话题。

江边的沙洲上，芦苇的嫩叶一天一个样，偶见妇人在苇林中抽扯，蛇皮袋里装得鼓鼓囊囊的，尖尖的绿叶探出头来。老公说，她是撒（方言：摘）芦笋。我恍然大悟，原来这就是常常在饭店里吃的时蔬芦笋啊。

沿着江边顺流而下，一直走去，土岸边，密密麻麻的生长着成排成片的芦苇，已经一人多高了，江风一吹，细长的叶子瑟瑟作响，在夕阳的照耀下，摇曳出一片风景。偶见垂钓者，坐在洄湾的芦苇丛中，伸出长竿，钓一些馋嘴的餐条鱼。

远远望去，我总是担心垂钓者的鱼钩会勾住旁人的鼻子，抑或是缠上那些密密麻麻的芦苇。有两个中年男人在林中撷着芦苇的叶子。我大为不解，问之，答曰"包粽子用"，他们的口气有些炫耀，似乎嘲笑我的孤陋寡闻。

这个叶子能包粽子吗？我习惯于问身旁的老公。老公从小在江边长大，他很耐心地指着那片芦苇：软一些阔一些的是芦泡叶，可以包粽子。又尖又细的是苇子，也叫荆柴，只能打席子用。以往农家也用它来盖草房、编厕所门。

有芦就有苇，芦苇往往像人类一样，逐水而居，与水为邻。这下轮到我大吃一惊了，几十年来，我虽住在水边，与芦与苇日日见，年年亲，但却从来没有过多地打量过它、琢磨过它，根本不曾注意"芦苇"是个并列的词，而只是把它作为一个名称罢了。这或许就是"司空见惯"吧？许多人许多事许多现象，一旦成为"习惯"，就麻木了。

走下水泥护坡，穿过草林，挨近芦苇仔细察看，我随手拍下暮色里这片芦苇的剪影。即使天色渐晚，但它的轮廓依然清晰，高矮疏密非常明显，叶子长得也不一样，有阔大而软垂者，有细长而硬挺者。它们相依相存相守着这片水域，共同描画出一片滨江美景。就像男人和女人，在属于它们的季节里相恋相伴，共同谱写着一曲婉转的生命歌谣。

我认定许多人都分不清"芦"和"苇",便拍照发到微信朋友圈,兴致勃勃发起了"有奖竞答"。果然,半小时内引发不少作家的探讨。最先关注的是宿松女作家王鹤,她说:"苇高一些,能扯着吃,有股子清香的甜味。"又补充说:"两个长得很像,不过苇肥嫩些,芦瘦些,有点割手。"无为县女作家许冬林很快响应:"左边是芦荻,右边矮的是苇。我们这边老人们的叫法分别是荻柴和芦柴。也就是说,左边高瘦些的叫芦荻,右边叶子宽些可包粽子的叫芦苇。不得了,一不小心说到粽子,把我馋劲说上来了。"著名诗人沈天鸿先生则跳出了我的设问,他说:"这芦苇还幼年,成年后芦苇比荻高。"就连见多识广在迎江寺边住了多年的黄复彩先生也没弄明白,他谦虚地说:还真分不清,受教了。

一时间,"芦"与"苇"之争在朋友圈分外热闹。众说纷纭。我认定还是老公说得对。因为任何方言都离不开它自己的土壤,我和眼前的芦苇共同拥有脚下这片土地。

这让我想起苏轼乱改王安石的《咏菊》诗,后被发配黄州所引出的一起文坛趣闻,也深深体会到"深入生活"对一个作家的意义。

我想宿松方言里的"loupao",或许就是这个"芦泡"?因为疯长所以空心,因为空心所以不实在。

不知我的这个说法,方言专家唐爱华教授和我的宿松老乡们赞成否?

2019 年

泗洪湿地

10月19日早晨，随同安徽省作家协会采风团，长途奔赴苏北，中午12点多到达泗洪县，之后的一天半时间匆匆浏览了泗洪湿地。泗洪与我们安徽接壤，人口100万。近几年来，高速发展的态势令人瞩目。172个亿元以上的大项目星罗棋布，465家企业纷至沓来，总投资近70亿元的泗洪·常熟工业园、波司登工业园、梦兰工业园、韩商产业园抢滩登陆。发电厂、污水处理厂，以及电信、广电、供排水等生产服务设施功能完备，六大乡镇工业区活力四射、特色鲜明，青阳、双沟、梅花三大道口经济区呼应联动，优势互补。

这样的泗洪吸引着我们的脚步。

——题记

寒冷是从脚底升起，瞬间将全身包裹的。暮色苍茫。长江边的我，单衣被寒气穿透。无边的寒气和湿气穿透江南的秋燥，使我的心顿时宁静下来，渐渐与湿地融为一体。

湿地以它独特的方式迎接并拥抱了我们：宽阔而润泽。

风很大，吹皱湖面。芦苇，荷叶，自由飞翔的白鹭，悠闲游弋的白鹅，似乎对风的温度并不在意。它们或许太熟悉风的风格和脚步。小船荡开清澈的湖水，穿行在芦苇与荷叶间。记忆中的芦苇荡如此亲切，抗击日寇的电影镜头——闪现。眼前的这片片芦苇和荷叶还是 60 年前的吗？陵园里的雕塑和图片，将厚重的历史教科书展开，让我们铭记。刘少奇、张爱萍、江上青、张震当年躲避的芦苇丛如今依旧茂密。但听不见尖利的枪声，眼前，唯有天光湖色，渔歌唱晚。这样的境界该是烈士们当年的理想吧？

这是一片革命的土地。每一寸土地上都留下了志士的足印。英雄的热血浸染的这片土壤，温热而肥沃。而今的洪泽湖，盛开着红色的莲花，那是纯洁而炽热的信仰铸就。

席卡很小巧。湿地的图片，是它的金字招牌。水、绿草、蓝天、白云，还有地图，泗洪人的精明和对贵宾的热情，完美地体现在小小的席卡上，体现在热气腾腾的觥筹交错中。成功取决于细节。小小一张席卡，浓缩着泗洪人的品质和泗洪的精华。

梅花掰手王国际擂台赛就在湿地里。露天的场地，水和芦苇围护着，显得空阔而略带原始的粗犷。大小车辆，红色气球，给湖边的冷清里调进几许现代气息。一长溜农产品的广告牌，展示着泗洪人与湿地和谐共处的成果。

密密的人群，争相围观掰手王争夺赛。身穿紫色衫衣的女子，右手与对手紧握，双腿着力，坐姿端正，神态自若。仿佛很轻松。手肘在桌面上拉锯……一片欢呼声中，紫衣女子裂开嘴笑着站起来，轻松地走下台子，走向迎候她的人群。她获胜了。她的个头大约一米七吧，黝黑的皮肤，结实的身材，看样子一定是当地的农民，却丝毫没有旧时农民的拘谨和胆怯。一个农村女子，敢于离开锅台，走上擂台，众目睽睽之下，同别人一决雌雄，就已经很难得了。这就是今天泗洪人的性格！

湿地博物馆让我们见识到泗洪人的长远眼光。人类只有保护环境，才能与万物和谐共处。落霞、白鹭、秋水、芦苇、荷叶、平整的水泥路以及正在修建的高尔夫球场，让人们远离了战争的血腥，这片土地上的子孙正在重新打造着这片湿地的品质。

湿地犹如一位温情的女子，正将它的美丽、修养、多情……曼妙地展开，让每一位前来拜谒的客人震惊和怀想。

2009 年

雾里看天柱

"横看成岭侧成峰，远近高低各不同"，这首千古名句写出庐山多姿多态的美貌。游览者从各种不同角度，所看到的庐山，美丽都不相同。一千多年前的苏轼当时可能根本没料到，这首避实就虚的写景名句，后人却经常挂在嘴上，并常常被用于辩证法的理论中。

苏轼所言是从空间的范畴。我所看到的天柱山，是躲在云雾中的群山，雾岚相绕，变幻莫测，美轮美奂，一秒钟一个镜头，一瞬间一个美景……犹如引人入胜的电视连续剧，这样迅疾的时空交换，是其他名山大川无法比拟的。

农村有句老话，叫"看日不如撞日"，意思是做某件重要的事，慎重地查个日子还不如随遇，碰到啥日子就是啥日子。

我们这次登临天柱山，同行的是皖西南一群作家。作家中有不少人是研究佛学的。黄复彩先生还是三祖寺住持宽容法师的老师呢。去年，宽容法师在他的静室里，用美妙的山茶和雅致的茶道招待我们一行，至今回想起来，仍如茶香在口，品呷有味。可惜黄先生这次因事耽搁，否则，一路为我们谈佛论禅，该是多么美妙。石楠先生说，天柱山脚下的三祖寺，签很灵的，25 年前她抽过。石楠年逾古稀，依然兴致盎然，童心未泯，对三祖寺，对天柱山，她怀着一股感激之情。

几天前就在查天气预报，担心遇上雨雾天气。担心什么，偏偏就会什么。在淅沥的清明雨中，入住城东的潜阳饭店。晨起后撩开窗帘，愁眉被雨紧锁。街道上，打着花伞、穿着雨衣的人们，在雨雾中行色匆匆。细雨，把我们的视野变小变得模糊，让我的心也跟着湿漉漉的。这样的春雨，若是闲暇，小园回廊，木凳石几，三五知己，品茗赏花，或打牌听雨，倒也不失为一种雅趣。但在路上，尤其是游览的路上，这雨就像个不谙世事的孩子，缠得人心烦。

山，是应该"爬"的。不爬，总感受不到山道弯弯，也欣赏不了沿路的美妙。9 年前去黄山，在上山的艰难中，一路上的轿夫，负重而上，其背影曾给我无限感慨。

王安石任舒州（今潜山一带）通判期间，邀弟同游。但因道路不畅，只流连于石牛洞的摩崖石刻，未及天柱山，心内怅然，即席赋诗曰：水泠泠而北出，山靡靡以环围。欲穷源而不得，竟怅望以空归。

那种渴望而不得的怅然心境，我们今人是不会再有了。现在的风景名胜，大多安装了缆车。即使我们想靠自己的手脚"爬"上去，也会有修葺得很好的石级。天柱山的索道有好几处，这样的天气，我们只能坐缆车。

雨停了，雾却漫山遍野。坐上缆车，升入空中，缓慢向上移动。即使被吊在半空中，还是没能逃脱雾气的包围。它就在身边，就在脚下，就在脸旁，无声地钻入袖口，钻入发隙，带着丝丝嫩叶的清气。一片朦胧之中,远峰无影,近壑无形,神秘而幽静。整个的,地地道道的一幅水墨画。天柱山,仿佛一位躲在垂帘后的二八佳人。任凭我们睁大双眼,仍是无法一睹她的惊世之美。

茂密的树木花草,被雨雾轻轻地抚摩着。雨雾无声,它像天柱山古老的禅宗文化那样,在香烟袅绕中,悄无声息地渗透。4月碧绿的枝叶上吊挂着水珠,但山地上并没有水流。这样润而不黏的雨雾,只有天柱山区才有吧?"随风潜入夜,润物细无声。"潜山这里的雨水,和它的山脉一样,带着佛心和禅意,悄然泽惠着万物。它不张扬,不炫耀,默默地做着自己该做的事。春天来了,它就纷纷扬扬,从无数的花伞上滚落,沿黝黑的枝茎深入,进入泥土,沃润万物。泥土是雨水永远的家。

坐了两趟索道,终于到得山顶。山顶有丝丝爽风,天柱峰侧的巨石上,人影婆娑,极目难尽,雾仍然匍匐在脚下,像一只巨大的蝙蝠,张开淡灰色的翼膜,遮住天柱山的草木峰峦。唯见近峰黛影,飞来石就在我们眼前。那块飞来石,石翼展开,伏于另一巨石上,凌空亿万年。传说乾隆皇帝曾于此吟诗:飞来一定是飞来,不是世人胡乱猜。既然飞来又飞去,当初何必要飞来?

登临天柱山,一睹天柱峰。这是每个游客最起码的愿望。可天柱峰偏偏就躲在雾气里,这让我们的怅然不亚于当年的王安石。世事往往就是这样,不会让你十分圆满的。流连一阵子后,正准备打道下山。却听一片惊呼:出来了出来了!

我们回头一看,顿时惊呆了——

天柱峰像正出浴的王子,斜挂一抹轻纱,容光焕发,巍峨耸立。

　　大片大片的云雾，仍在急速地往他身边赶来，仿佛前来护驾的卫士。我们慌忙选个角度，用相机抢下这永恒的瞬间，让自己与天柱峰融为一画。才两三分钟，浓密的云雾又包裹了这位王子。我们不禁感慨良久：绝妙的东西，总不会在世人的眼前停留太久。变幻出新意。任何东西，有新意才有吸引力。

　　这一刻，百姓们所传说的天柱通灵，我不得不信了。天柱山，就是一位高超的禅师，或者仙人，把他最绝妙的一招总是留在最后。他不让我们太失望，也不会让我们没有一丝遗憾。

　　太失望了，我们不会赞美；没有遗憾，就不会再来。天柱山，一草一木，深得佛光仙气，连雾气都如此通灵，谁还不拜倒在它的脚下？

　　这次的登临，虽然没有看尽天柱山的 45 峰、17 岭、18 崖、22 洞、86 怪石、18 瀑、17 泉……但却让我们见识了它的另一面，变幻莫测，正如藏于深山的禅和佛，禅是不拘形式，佛也是不拘于外相的。

　　雾里看天柱，新奇无穷，别有一番魅力。

2012 年

三和园记

人，是有不少共性的。年少时，一心求变，犹如山洪咆哮，一路乱冲乱撞；及至中年之后，沧桑已阅，进入林中之潭，"虚""静"则是最好的境界。

——题记

懒养花

我养花，差不多有30多年历史，现在也可以算半个专家了。

中年之后，终于明白，工作只是生存的手段，爱好的本质是让自己快乐。人在外面，有时不免要收敛自己的真性情，多了压抑，少了自在。回到家里，就需要放松，需要快乐。养花养宠物就是让自己在家里多一个快乐源泉。

但宠物不适合职场中的忙人，最好的方法就是养花。我觉得花只需懒养，就像养乌龟一样。花不会成为自己的桎梏，不会污染陋室小小的空间。伏案累了，抑或有了闲暇，有了心绪，便提起小喷壶，与它交流一番。看那花与叶仰起眉目，承接丝丝水雾的滋润，由恹恹然而渐渐张开笑靥。它从不索取，你适时给它一点水，它就能奉献绿色和芳香，奉献满庭的新鲜空气。一年四季，晨昏日夕，这些嫩绿、翠绿或是姹紫嫣红，你看着看着，就像优美的旋律，轻轻地在四周响起，愉悦会慢慢渗进身心……

空余时间，我喜欢逛滨江公园和高井头的花市，看一看问一问。我老记不住花名，感兴趣的便上网查，种植方法、花语和作用……适合自己和家人养的，就赶紧去掇一盆回来。

年轻的时候，我最不喜欢与人闲聊，除了很努力地工作，业余时间，忙完家务，大多便是沉溺于自己的爱好。那些爱好从来不曾带有功利性，打球、练太极拳，学速记、英语、诗歌、影视剧本创作的函授……参加工作4年后我拿到了三四个函授结业证书。但后来发现，这些函授结业证书，对职称与职务的晋升没有丝毫作用。

青年时候，我就那么稀里糊涂地过着，不曾有个"长辈"或是"恩师"之类的"贵人"在我的生活中出现，指点我的迷津，或是砍斫我旁逸斜出的枝桠。我工作的那个小镇，那个大院，个人的兴趣可以自由发展着，一些爱好就像穿过的衣服那样，不合适了就会被淘汰。但至今还有两门爱好一直陪伴着我，那就是写作和养花，一个成就了我的工作，一个愉悦着我的生活。

写作要有激情，而养花，却要掌握特性。花的特性，如果不了解，势必养一盆死一盆，不但得不到乐趣，反倒增加"红消香断惹谁怜"的伤感。

吊兰是最好养的，我家的吊兰大概有20多盆。曾经还为它写过赞美诗。近几年来，绿萝叶肥大，好看，更受花痴们的喜爱。

绿萝虽算兰的分支，却很娇贵，对温度和土质要求挺高，3月份去买的绿萝，在室内养到过年时还绿油油的，那不叫本事。只有到了来年的5月以后，还能长势喜人，那就算养花高手了。好多年了，我家的绿萝总是过不了一周岁生日，看着飘逸俊美的绿萝在眼前渐渐枯萎，心中总免不了伤感。

去年春天，本来在春节时还好好的绿萝，又一天天眼见委顿下来。我有空就注视着它，琢磨着它，我怎么也想不明白，寒冷都闯过来了，天气一日日暖起来，为何反而枯萎呢？

一连好几年都这样。我有些懊恼，索性把花盆端到小区的石榴树下，剪掉所有的枯枝败叶，铲了一铲子浮土撒上，然后想着：就这样试试看吧，随它去风吹日晒雨淋。权且死马当做活马医。

每天路过，我总不由自主地瞥一眼那个空空寂寂的花盆。春风日暖，小区里的花次第开放。迎春花洒出满庭香后，玉兰花毫无顾忌地绽放，不久桃花也红了，樱花也粉了……柳枝随风摆动着春汛，而石榴树下，那个红色的塑料盆仍很安静。本就不抱希望，也就没有太大的失望。

个把月后的一天，我忽然发现，盆里有好几片嫩叶，嫩绿嫩绿的，比家里新买回的绿萝更水嫩更养眼。走进一看，哇！确实是从根部发了芽，不少的芽呢！

我喜出望外。这比买一盆回来要让我快乐得多。每天路过，我都驻足很久，这盆绿萝，它的重生让我惊喜，它的顽强更让我感动。我没有想到，我的不放弃，只是给它换个环境，却给了它一条生路。生命大抵都是如此，换一种环境或方式，或许就得到了新生。

夏天的时候，已经是翠绿满盆了，枝条长长的垂挂在盆外，这让我心花怒放，我喜滋滋地把它端回了家，放在最显眼的照墙前。

意外的收获，往往能给人更多的快乐。

西郊捡石

因为新冠肺炎，大家都足不出户，或多或少都会有些压抑，总想吐口气。

人不能老憋着。憋久了，也会有胸闷背痛，还有颈椎腰椎病……一大堆这样那样的不适。这或许是我们这些文职人员的通病吧。

同文字打交道到如今，越发觉得弄文字的艰难与苦闷。早就试图换一种活法，过最原始最简单的生活：播种、除草、浇水、松土、采摘……披星戴月，看花落花开，望飞鸟流云。

去西郊茅岭捡石头，只为吐口气。挖机挖出的石头，需要被一阵大雨狠狠地冲刷，才能以本来的面目呈现在淘宝人眼前。漫山凹的杂石滩，只有敏锐而专注的目光，才能发现一两块符合自己审美的宝石。

昨天的雨不大，今天的阳光很好，这片新土掩盖着所有石头的本真。我没有火眼金睛，这片石滩，早已被无数淘宝人一遍遍梳理。我缺乏耐性，我喜欢迈开瘦腿，跑遍山坡的每个角落。对一个走马观花的人，并不指望能捡到什么宝石。

所图的，无非是吐吐气，晒晒阳光，让温情的春风，吹拂在脸上，让久违的惬意弥漫在心田。

人，是有不少共性的。年少时，一心求变，犹如山洪咆哮，一路乱冲乱撞；及至中年之后，沧桑已阅，进入林中之潭，"虚""静"则是最好的境界。

山中之石，即便深埋山底，亿万年依旧品质不变，初心不改；有朝一日有幸被慧眼所识，洗泥去污，登堂入室并不自夸。

捡石，捡的不是石头，是一尊佛，一山禅。

2020 年

　　它从不索取，你适时给它一点水，它就能奉献绿色和芳香，奉献满庭的新鲜空气。一年四季，晨昏日夕，这些嫩绿、翠绿或是姹紫嫣红，你看着看着，就像优美的旋律，轻轻地在四周响起，愉悦会慢慢渗进身心……

荠菜之味

荠菜，我们家里叫它地菜。

我走出校门后的第一个工作岗位，是在中学站讲台。那时候年轻，教张洁的《挖荠菜》时，老实说，我还无法能全部体会作者所表达的情感。荠菜的美味，对我，也丝毫没有什么吸引力。一个教师，对教材产生不了感情，没有共鸣，还怎么有热情去教学生？

荠菜，在我的心里太普通了。那个年月，农村里各家各户都养了猪，我小学时候，挎篮子挖野菜的日子也不少。对喜爱读书的孩子来说，挖野菜就像课余的游戏。三五个小伙伴，说说笑笑玩玩。蓝天白云、小鸟小虫，都是玩伴，荠菜也不过是众多玩具中的一种。家种的菜园里并不缺蔬菜。田野上的黄花菜就像现今街道上的人流，春风一吹，茂密而蓬勃，水汪汪嫩鲜鲜的。而荠菜的家族不旺盛，常常需要睁大双眼，从麦地边、从草林中搜寻。填饱肚皮的日子，自然是不会讲究什么味道和营养的。小时候的我体质羸弱，胃口也差，宿松姚大圩那个地方，虽然并不怎么富裕，却也是个鱼米之乡。我在家排行最小，两个姐姐比我大十几岁，何况我的学习成绩一直很好，这点让父母很骄傲，从小把我当男孩来养，餐餐可以吃白米饭。父辈和姐姐们那种对饥饿刻骨铭心的记忆，似乎与我相去甚远。

饥饿是最好的美味。没有亲历饥饿，自然无法体会食物的味之美。学生学得枯燥，教师教得教条。荠菜，并未在幼小的心里留下多少印迹。倒是近些年，一忙起来，或者懒起来，便跑进附近的超市，买回几袋速冻水饺。水饺的分类，以馅为准。灌汤的虽然肥口，但吃多了太腻；香菇的很香，但吃多了上火；最可口的只有荠菜。

荠菜柔韧而清香，耐煮耐嚼，吃过之后，余香袅袅。不仅味美，而且功效还不少：止血、降脂降压、消炎抗病毒、利水肿。现代人讲究口感，讲究养生，荠菜便成了人们餐桌上的坐上宾。

超市里的荠菜又青又长，漂亮得很，可惜是在大棚种植的，味道差了不止一个档次。到野外亲自去挖荠菜，味道和感觉那就大不相同。

春风只在园西畔，荠菜花繁蝴蝶乱。春节过后，一直到仲夏，天晴的日子，麦田里，地埂上，河坝边，绿油油的荠菜举着小小的白花，仿佛笑逐颜开的小姑娘，闹闹纷纷的，正在欢度她们的儿童节。一些中老年妇女，提着袋子，握着刀子，欢喜地挑来拣去。茂绿而滋润的荠菜，经过洗、烫、切、剁，加些瘦肉和精盐，包进饺子皮，下进开水锅，不一会儿，一盘冒着热气的饺子就端上桌了。

荠菜性平，不仅健脾利水，止血明目，降压解毒，还可防癌抗癌。其功效还有很多。古有民谚，三月荠菜似灵丹。灵丹总是对人有奇效的。

可惜，如此美味却并没有受到足够的重视。在我们这滨江小城，它仍然不像白菜和萝卜，长年累月摆满菜市的每个摊头。

春风送暖，万物复苏，在暖暖的阳台上读几页闲书，忽然为辛弃疾的《鹧鸪天·代人赋》所动："陌上柔桑破嫩芽，东邻蚕种已生些。平冈细草鸣黄犊，斜日寒林点暮鸦。山远近，路横斜，青旗沽酒有人家。城中桃李愁风雨，春在溪头荠菜花。"不由得就想出门去，去皖河口，那里肯定有荠菜。

安庆西郊，皖水浩荡。皖河大桥虽然比不上长江大桥，倒也十分壮观。久雨之后，暖阳初开，邀上三两伙伴，开车过了大桥，绕上河坝。这个季节，皖水枯清，鹭飞鸦影，柳风拂面。我们也如放学的孩子，欢腾起来，奔向草地。六七头白山羊，避开我们，走下坝顶，啃着青草和荠菜。羊同人一样，也有对美味的追爱。

坝上的荠菜，被羊吃掉很多花叶。羊是我们喜爱的动物，它吃的我们也不嫌弃，老的嫩的，我一股脑儿地挑。刀子有些不顺手，手掌起了水泡。收获很不小，一袋子，塞得紧紧的。回家倒进水池，放水冲洗。洗过六七遍，才终于清爽了。满满两大盆。做馅包饺子，清炒一盘。还剩许多，不知咋办，友人说，干脆晒了，晒干烧肉吃，肯定比盐干菜好。还剩一些，送给朋友。朋友说：这真是好东西，地道的绿色食品。

年轻时候，只知道工作、孩子和必要的家务。在吃物上还真没有花费什么脑筋和精力。人到中年后，日子越来越好了，生活也愈发精细了。渐渐地也开始悟出生活的真谛了。

有点空闲，便也开始试着亲自做做美味，自然，包荠菜馅的饺子是首选。

荠菜，既养生，还养心。其味，只有中年后才能品得出来。

2012 年

再记兰园

"兰园"，是我的书房，是我的家。静谧而雅致，它不仅四季散发着花香，还长年氤氲着书香。

大约是 20 来年前，我在程集中学当教师时，曾写过一篇随笔《兰园小记》，我一直把自家的小院称为"兰园"。兰园里有纯洁的花开，有率性的鸟鸣，有逗弄龟狗的欢笑，更有夜读的喜悦。

在宿松县城富康路程中宿舍区我家院门的门楣上嵌挂的"兰园"二字，是原宿松县文联主席王先珩先生优美的行书，我专门请工匠，刻了两个木质的字。我说的是木质，而非木板。是因为这两个字并不是在木板上刻制成阴文或阳文，而是单独以木头雕刻成镂空字形。现在看来这样的刻制，难度反而更大，也不好挂。我只得用万能胶粘贴在镜子玻璃上，再把玻璃粘贴在门楣的墙砖上，颇费工夫。

那时候，我们身边书法最好的就是王先珩先生。他是安徽大学中文系的高材生，与人有别的是他留着齐颈的长发，不仅书法造诣很高，文学鉴赏水平也很高。1991 年，我写的关于中学生的短篇小说《黑色花季》、1997年我的关于计划生育的中篇小说《赖子庙》，便是他发在宿松文联主办的刊物《小孤山》，并加以强力推荐的。《赖子庙》因牵涉到对当年农村基层组织抓计划生育工作过火的一些做法，提出了自己的忧思，因而在一次县领导干部会上遭到不少乡镇干部的强烈质疑，幸得县政协主要负责人说了好话。不然在当时那种大环境下，我这个初出茅庐的文学青年肯定会受到追责的。或许一丝文学之苗从此被掐死，也极有可能。

大约，我性情耿直，就是从那时候逐渐养成了。当年如果有人扣我一顶"妄议（或破坏）中心工作"的帽子，或者给我一个处分，估计后来我就不敢一直这么"耿"下去，以至于后来在写作上在工作中这样的亏还吃得更大。

王先珩主席深悟我将家院起名"兰园"之意。我乔迁之时，他还专门送了一幅篆体"兰园"的字，旁配小行草，"兰园"之内涵尽述。这幅字尤令我喜爱，被裱成匾一直挂在书房。后来，我调来安庆，干脆也带来放在新居里。

那些年，在安庆与宿松两地，我每个星期两点一线地奔波，总试图把自己肩上的各种角色都做好，深感疲惫。这心，就犹如洗得发白的旧衣服，没有一点当初的色彩了。疲惫与厌倦常常在夜静更深时潮水般地涌来，将我的黑夜涂抹得斑驳古怪。从初中时就将写作看作人生理想的信念也开始动摇，迷茫与疏懒占据我的空间，而对兰园的热爱却未有丝毫减退。打扫，扯草，浇水，剪枝，施肥，捉虫，喂养乌龟，洗晒烧煮……

春来茶花开，夏季栀瓣白，秋天桂花香，冬来兰草绿。兰园里，一年四季，总有令我愉悦的风景，能消除我在尘世里奔走的疲惫与厌倦。

二楼阳台上有窝斑鸠，生蛋、孵化、喂养，周而复始，每次两只幼儿，一年有好几窝。它们来来回回地奔忙，把窝做得越来越大，越来越结实，给阳台平添许多生动。这次回来，老公告诉我，斑鸠被牛屎八哥赶走了，牛屎八哥下了儿，至少有4只。我很奇怪：斑鸠那么大个子，牛屎八哥并不大，比一般的白翅八哥小，怎么竟被赶走了？老公说，这种八哥的嘴尖！

是啊，尖锐的东西总是很厉害。无论是人是畜还是禽，谁的爪子或喙子尖锐，谁就有取胜的可能。

我想起来了。这只八哥肯定就是从去年就在阳台过夜的那只，常常随意拉下许多粪便在阳台上，滴淌在衣服上。我挺讨厌它，不单单是因为它满身的褐黑色，乱拉粪便，更因为这是斑鸠的家，斑鸠辛辛苦苦，一枝一叶搭建起来的家，凭什么你不费一点劳苦，就坐享其成呢？

我端来一把椅子，爬上阳台。小八哥的父母不在，想必是外出寻食了。小八哥们张开小嘴，呀呀着直叫唤，还以为我也是来喂食呢。我伸出巴掌，抓出来一看，羽毛长齐了呢。果真是4只。有一只竟然反抗起来，扑腾着翅膀，飞下阳台，在空中折腾几下，就掉到院子里地上。

我只是想看看，又不会害你，你何必要逃跑，摔伤了可不能怪我。我把小八哥一一放回窝里，再去院子里捉回那只，它的羽毛已很丰满了，或许近两天它就可以出窝，飞走。我的手摸到窝底里还有两颗小蛋，我疑心这是斑鸠的蛋。斑鸠还来不及把自己的儿孵化出来，就被懒惰而凶狠的八哥赶走了。我忽然对八哥深恶痛绝起来。

　　下午正好碰上朋友的小儿子，他缠着向我讨要，说八哥能说人话，要捉来家养。八哥会说人话，我没有听见过，倒是觉得它们把人类自私的坏习性学到了。我落得正好送个顺便人情。趁天黑，把小八哥全捉下来，关进了笼子，送走了。

　　我老公这人居然有些惋惜：它娘回来，该有多伤心。老公这人练过几年武功，长得魁梧，看起来挺粗糙的一个人。而他有时在处理一些事务的时候，让我挺疑惑他一个大男人，不知道怎么常常有着妇人之仁善。

　　我说：谁叫它霸占别人的东西，我就是要让它伤心。它伤心了，以后不再来，斑鸠就会回来的。再说，我又不是弄死它的仔，是送给喜欢养的人，有什么不好？

　　穷与达是古代士子人生境遇的分类，"达则兼善天下，穷则独善其身"。李清照"起来慵自梳头，任宝奁尘满，日上帘钩"，则是有着佣人的富贵日子。像我们这样的工薪阶层，一介文人，唯有"家园"，可以按照自己的理想去打造。在家中，我喜欢安静与清净，远离喧嚣与肮脏，自己的空间里哪还容得下那些丑恶。

　　兰园，我的兰园，这小小的空间，静谧、雅致而温馨，是我可以摊开"心房"晾晒的地方。

2012 年

昙花的期待

为了一个"美丽的瞬间",摄影师等待了很久。这种蓄意的等待,显得格外的漫长。

终于等到她开放的时刻。

传说中的昙花,就是以这种独一无二的姿态和气质,展现在镜头前,只为开放给心目中的爱人。每一道眸子的惊讶,每一句由衷的赞美……都因她无上的美丽,以及美丽的短暂而引发万千想象。

盛夏的早上,汲水而溉,竟然发现宽大的叶片上生长出几个小小的花苞,这给种植者带来全新的期待。就这么每天反复查看着这几枚花蕾,看它们一点点饱满,越来越像一种含苞待放的情态,露出黄白。

约上几个文友,于月夜赏花品茶,则别有一番情趣。夜空中,一轮皎洁的月亮,洒下一抹清辉,将绽放的昙花涂上一层幽幽而神秘的色彩。随着声声褒奖与感叹,昙花羞答答地,在众人的目光中,将其最美丽的一刻次第呈现出来……这一刻,所有的语言顿时潜入心底,万物仿佛都静止了。

可惜，很快，昙花就睡了，茶味也淡了，而赏花的人，却意犹未尽。我们着实感叹不已："刹那间的美丽，一瞬间的永恒。"

这是能让心灵为之震颤的一种美，就因为她美得仅此一瞬，不可复得。

昙花，一般在夏夜八九点钟的时候开放。古人有诗云："一茎数蕊尽丛生，粉晕檀心画不成。静态雪花堪比洁，幽香莲叶与同清。"大意是昙花一根茎上生长着数朵花蕊，静态的样子跟雪花一样洁白，香气和莲叶一样清新，是无法用画描绘出来的。

把一株花养育到开花极不容易，它需要精心的照管，施肥、浇水，注意干湿、温度等等。十几年了，我种的君子兰就是不开花。养育兰花尚且如此不易，更何况花开短暂的昙花呢。当幽幽月下，有一株期待已久的昙花在悄悄为你绽放的时候，你足可以相信，这样的人生多么幸福美好。

传说，昙花原是上天的一位花神，她每天都开放着，天真烂漫，无拘无束，从没有凋谢过。只因爱上了为她浇水除草的年轻人，违反了天规，被玉帝贬为每年只能开一瞬间的花，以此作为惩罚，并把那个年轻人送到灵鹫山上出家，赐名韦陀。

遭遇爱情挫折的人，最知道自己怎样修行，耿耿秋灯下，总能化解心底的相思。

多年之后，韦陀潜心习佛，渐有所成，果然忘记前尘，把曾经相爱的花神忘了，而花神却怎么也忘不了那个曾经对她关怀备至的人。

韦陀自此虔诚向佛，昙花却对他念念不忘。她知道，两人唯一见面的机会，就是韦陀每年下山为佛祖采集朝露煎茶。昙花掐指算好时间，在韦陀下山的路上等待，看他远远地走来，就把聚集了一年的精气绽放于那一瞬间。她希望韦陀能够在她开放的时候看她一眼，但每一次韦陀都擦身而过，他不知道哪朵花是专门为他开放的花神。

因为韦陀每次下山都在黄昏，采完朝露就匆匆赶回，昙花就把开花的时间选择在了夜深人静的夜晚。

可千百年过去了，韦陀一年年下山采集朝露，昙花一年年绽放，韦陀却始终没有记起她。

一直到如今，昙花仍然在月下默默地开着，在宁静的夜晚，年复一年。它守护着自己对爱情坚贞不渝的信念，以短暂的绽放，诠释出那种永恒的美好愿望。

2020 年

大运河：风韵与筋骨

地　标

　　我的眼前，赫然打开了一幅京杭大运河的路线图：她比苏伊士运河长10倍，比巴拿马运河长20倍。

从北京通州拐向天津，再出河北、过山东、跨安徽、穿江苏，直至浙江，终抵杭州，由北至南，一路向海，全长2000多公里，历经18座城市。这浩浩荡荡的2000多公里，让繁华霸气的京城，触角尽展，伸向了富庶的江南鱼米之乡、丝绸沃土，造就了18座城市璀璨的历史，同时也成就了人类历史上举世无双的权力、劳力和心力的无缝结晶，打造出官与民共创壮举的神话，并在新时代的高空，演化成史无前例的执行力和干群共同的愿景。

就是这样一条河，她纳京津、齐鲁、燕赵、中原、淮扬、吴越六大板块于一统，融地域、水利、漕运、船舶、商事、饮食等文化于一炉，构成了无与伦比的世界级文化遗产——京杭大运河文化。

这条河，就这样在我的眼前横亘着、静默着、流动着，历经了亿万次风雨洗刷，在这个宁静的冬季，她以修炼了3000多年的睿智眼神，与我对视，将我的浅薄、我的浮躁以及我满身的贫弱，剥离得干干净净，只剩下丰富而斑斓的思绪。

就在这个沉静的时刻，我被抽丝剥茧后的思绪，更加轻盈纯粹，飘游得更远了……

剪 影

3000多年后的今天，我依然啃不动大运河这部厚重的书。或许只能立于船头，浪迹2000多公里，在莺歌燕舞或烟雨迷蒙中，在渔歌互答桨声欸乃里，才能真切地感受着先祖们的喜怒哀乐、恩怨情仇；才能晾一晾先祖们的长袍马褂，瞥一瞥布满铜锈的刀光剑影。

如果用红红的线将沿河的城市串联起来，也将3000多年里先祖们一个个惊天动地的历史背影沿河立起，固化，就像竖起一个个照彻天宇的灯柱，无不令我们后人惊愕和深思。

人类之所以能成为地球的霸主，就是因为，无数前人的脚印渐次踩踏出的这条大路，一定会愈来愈宽阔愈加完美，而时代的车轮，必定是让后人在前人的脚印里拓宽，并无休止地向前伸展……

这是势所必然。

凝神回望，才能在浩瀚而深邃的历史烟云里，过滤出滋养自己的"仙丹"。

懂得回望，才是一个民族乃至地球上的所有苍生和谐生存的法宝。读懂历史并好好盘活历史，才是一个智慧物种的最佳选择。

2000多公里的大运河，一路纳万千细流，汤汤乎归于一统，才能日夜不息，生生不止，成就一路辉煌，奔向理想的境地。

扫　描

我就像一台航拍机，飞伏在半空中，沿着河岸线，寻访着……

大运河，她不同于黄河，更不同于长江。她不跌宕、不凶猛、不急险，她是如此醇厚、温和、沉静。进入新世纪后，她更加秀美、宽容而大气了。如果说，长江、黄河，是野性的汉子，是横扫山野的雄狮，那大运河则是温驯的农妇，是踢踢嗒嗒的小毛驴，她生来就是勤劳的代名词。她肩负着南来北往的运输使命，肩负着上至皇族下至庶民的日常民生。而她，无怨无艾，不知疲惫，永不停息。

我的眼前，正迅疾地闪过那些斑驳老墙，那些青黛屋檐，那些穿着长衫的名士风云人物……

盘桓于运河流域一个个名人故居，打开一座座古老的朱漆大门，从潮湿老宅里，搬出厚重的史记，晾晒于今世的阳光下。只有这样，我们才能真正看清大运河的脉络和筋骨，并研判出炎黄子孙的正宗基因。

河水汤汤，穿过齐鲁大地。矗立在济宁的孔庙和孟庙，犹如两座高山，不仅深深影响着运河两岸的子民，也照彻着华夏几千年的文化和价值观。

而相隔不远、与孔孟齐名的著名思想家墨子以其"兼爱""非攻"的精髓，创立了与"儒家"相对立的显学流派"墨家"，同样深深滋养着这块土地上的子孙。

著名的国学大师章太炎的故居，就坐落在杭州的仓前镇，晚清建筑，坐北朝南临着古运河的北岸。章太炎先生一生著述甚丰，具有强烈的民族意识和现代精神，并显示出对中国文化自信和自强的理想光芒。

至于活跃于文学史上的，更是犹如繁星闪耀：吴承恩、林徽因、茅盾、朱自清、贺敬之……

无论是史诗般的鸿篇，还是纵横三界的传奇，无论是经世之学，还是断肠诗曲……哪怕只瞻仰一次，阅读一回，都能得到丰

沛的激励和感动。正是他们，给运河流域刷上了浓墨重彩，赋予
了运河丰富的情感和文化的灵魂。

也因此，吸引着无数名人雅士前往拜谒。

工 笔

运河行至江南，进入水乡，便尽显她的婀娜，她的风韵。

只有这样的婀娜多姿，才会吸引着风流的乾隆爷 6 次顺流而
下，留下一河佳话。史实加传奇，早被影视剧一遍遍地演绎，成
了街头市井普及历史文化的最好平台。

而今的江南，运河两岸，更美了更雅了，更魅了更清了。

中国水工科技馆即将落户淮安。这将更好地呈现中国古代、
现代、当代水利工程科学技术及其发展历程，充分挖掘淮安丰富
的水工文化、水利遗存，彰显水韵特色，给深具漕运文化、河工
奇观、江淮风情的淮安，又添上一件靓丽的外衣。

如果想一睹古色古香的运河风味，无锡不能不去。一个
"古"字可以将无锡的运河文化囊括其中。市中心南端的历史文
化保护区已经闻名遐迩了。景区由两条交汇呈"丫"型的千年古
河和两条沿河古街构成，荟萃了丰富的历史遗存和人文景观。这
里的"江南水弄堂"保留着明清时期全版的古窑、古宅、古桥、
古街、古巷、古庙、古寺、古塔、古码头等历史文化景观长廊。
名流辈出的无锡，正在乘着大运河一体化建设的东风，精心描画
出一幅绝版的"民俗风情水上图"，高标打造成国际化的旅游胜
地。

择一晴天丽日，穿着青花旗袍，撑起花纸伞，约上三五文友，在"小桥、流水、人家"的"苏州园林"里畅游，抖开长长的丝巾，随意舞步于曲桥回廊之间，来一曲宛转清丽、悠扬舒缓的昆曲、苏剧或评弹吧。姑苏文化的随和、委婉、淡泊、隽永，便在这移步换景，举手投足之间一一彰显，令人流连忘返。

抑或于初夏之时，在"桨声、灯影、古桥、民居"的水乡仙境里，沏上一壶新产的西湖龙井，听上一曲阿炳的"二泉映月"吧。此时此刻，你我的心境绝对不会是彼时阿炳的心境。因为我们的眼前，早已不是昔日的"衰草闲花映浅池""东南四十三州地，取尽膏脂是此河"，而是"霓灯阑珊起，孩童戏旧槛"，是万千百姓向往的"诗意的栖居地"，是流动的史诗了。

大运河啊！你从最初的经济大动脉，历经千年风雨洗礼，演变成了文化的传输带。这绵长的文化缎带，将会在当代子孙的手中被描画得更加璀璨辉煌。

2021 年

第二辑

况

味

SHUQIANGU

书　千　古

　　我走上写作之路后，学会了从历史从环境从人性的角度来研判人与事，我渐渐对它们都有了深刻的理解。是恩也好，是怨也罢，或许最好的回顾就是让它们如高天淡云，随风逝去。

水乡谣

一

水又涨起来了，淹到了芦苇的腰，淹没了河岸边我常坐的那块大石头。夏末初秋，村子背后的大沙河常常这样涨水。涨水不像山洪那么暴烈，它从泊湖出发，从从容容沿着河床上溯，缓缓走近我们的村庄，一点一点的，将我们平时嬉戏的沙滩、树林、洗衣的石头，纳入她的怀抱。她总是清清的，没有急流，深不见底的样子。无风的日子，水面平缓如镜，犹如我年少时的梦。

那些年，我常常梦见自己飞翔，像一只鸟儿，在河面上空、在村前的田野上滑翔。那些陌生的山林和城镇，成了我视野下的过往……

就这样，上学、玩水、砍柴火、挖野菜、躺在树荫下做白日梦……许多个夏天过去了，直至我远远地离开。故乡那条清清的河流，便常常萦绕在我的梦境。

今年的夏天我一定要写写我们的大姑。50 岁以前我的眼光一直向外，总想着在花花绿绿的世界里占有一席之地，50 岁以后我的眼光才开始审视人的自身。每当我反观人的自身时，我就常常想起"大姑"。20 年前写文章时，我从来没有把眼光聚焦在大姑身上，或许是大姑离开我太早了，渐渐远离了我的视线。

我习惯于早起，也习惯于晚睡，我这一生最引以为豪的就是从来不赖床。一天 24 个小时是上天给每个人的定数，上班、应酬、辅导孩子，我只能从睡眠中挤出一点来，开始我的叙说，还有想象。

夏天，在我的印象里是没有夜晚的。小时候，我们村子里的小伙伴们喜欢追逐玩耍，不管是有月亮还是没月亮，夜深了还在村头河边捉迷藏、玩打仗，我常常成了孩子们的头头。母亲对我有些放任，但时间过了便总是嗔骂我"飞天痞"样，疯得不晓得归家。一旦有某家大人在喊魂样喊我们回家时，大姑便提一根竹棍子飞跑着过来，扬得高高的，撵着骂着，"毛头、狗仔、咩嘿、肉头、板凳、长脚管……你几个狗嚼的，赶快滚回家！"我们可以不理睬母亲的叫喊，而一旦望见大姑扬起的竹棍，便吓得像鸟兽一样嗷嗷叫着四散逃命，恋恋不舍地跑回家里，躺上床还兴犹未尽地做起"飞天"梦。

夏夜的梦总是很短暂，常常被蚊子或满颈脖子的汗水弄醒。那时候不说没有电扇，没有纱窗，没有喷雾的"枪手"，这些日常享受的用品我们连想都没有想到过。我们这群爱捣蛋爱奇思异想的毛头，可以想象着骑上"飞毯"，像嫦娥一样飞上月亮，却丝毫没有想到过什么"电蚊香""电蚊拍"之类的。傍晚的时候，母亲总是喊我"点烟把"。我就去草垛上拉几把稻草，扎成两个长长的稻草辫，一个放在门口的竹床边，一个放在卧房里，用火柴点着火。草辫子需要扎紧实才行，烟雾越浓越好。我常常被熏得泪水直流。但这种土法还是挺管用的，端着饭碗站在烟把边扒饭，蚊子不再是一抓一大把，只是冷不丁把光胳膊和腿叮一口。父亲天天穿一条蓝色的大折腰裤头，光着上身，肩膀上搭一条长长的老布澡巾，时不时拿起澡巾甩打几下。我看着他用澡巾刷蚊子，便想起牛的尾巴也是这样甩来甩去。父亲从不跟我抢烟把守住的地盘，围在他身边嗡嗡叫的蚊子，有时被他一巴掌拍出一手血来，然后父亲张开手掌给我看，炫耀他的战绩。晚饭本就吃得很迟，常常等到父亲和大哥他们在田地里收工回来，已经是快9点上10点了，我的上下眼皮在打架，迷糊着不得不洗了脚饿着肚子便倒进帐子里去。母亲并没有因为我是"幺儿"，而对我特别关照让我提前吃饭。至今我的肠胃不好，我疑心就是小时候饥一顿饱一顿之故。

那个岁月，衣服可以穿破点，但帐子是切不可用破的。我家的帐子补了好几个旧衣服片子的补丁，黑的蓝的都有。我总是被蚊子叮醒，不明白蚊子们偷袭的功夫怎么比特务还厉害。我们村的房子都一溜儿建在河坝上。夏天的时候，前有稻田，后有大河，都被水围着，潮湿得很，蚊虫特别多。每天睡觉前，我会很仔细巡视一下帐子里有没有蚊子、叶蝶或是蜈蚣。有天晚上一条三寸长的蜈蚣爬在帐子里，头朝着我的脸觊觎着时，我刚刚准备闭眼进入梦乡，吓得一个冷颤弹跳起来，十分麻利地赤脚落到地上大喊，声音都变了调。

大姑一到夏天就发病，一发病就回到娘家来住个把月。她娘家就住在我们去河边的必经之道上。每次我去河边洗菜挑水，都见到她坐在弄口的小板凳上微笑。待我走到身边跨过时，她猛喊一声"毛头"，吓得我一哆嗦，不由自主地小跑起来，跑远了再回过头对她做个鬼脸。大姑不是我的亲大姑。我们整个自然村都一个姓，同宗，按辈分我得叫她"大姑"。在我的记忆中，大姑每年夏天都在村里，别人下田干活去了，只有她还摇着芭蕉扇，趿拉着布拖鞋，一脸无瑕的笑容，在村头村尾各家门口转悠，偶尔还跟在我们顽童的队伍后疯跑着搭讪着，齐耳的短发一扇一扇的。渐渐地不知从何时开始，整个村子的人，大人小孩都喊她"大姑"。

大姑一直徘徊在我的心里，不仅因为小时候，她常常跟着我们玩耍。后来我成家后，愈发对她"等郎媳"的身份怀有好奇，一直不懂得一个大"姐姐"如何转换角色，同那么小的"弟弟"结婚生子。何况到后来我七弯八拐打听到姑父的年龄，终于推算出大姑比姑父要大10岁，大姑死的时候不到50岁。葬礼上我看到过那个姑父，皮肤白净，一袭素衫，还是风华正茂的青年，听说在一所小学代课，可惜身板很单薄，细长的腰身有些弯。

男人一旦背驼腰弯，便全没有了朝气。在我的印象里，弯腰的男人啥风度都没有，是最让我瞧不起的。所有抗日题材的影视剧里，汉奸和给日本人当翻译的都是点头哈腰的，腰弯得像只大虾子。

大姑很洒脱，长得像刘胡兰，像江姐——至少在我的心里是这样。这么漂亮的大姑，怎么会嫁给一个"弓背虾"呢？我读小学高年级的时候，还啥都不懂，对男女之事一点都没有开化，我连大哥大嫂天天睡一张床上都觉得好奇怪好奇怪，男人女人怎么能睡在一起呢？多丑啊！大哥结婚后就把我家最好的朝南的房间霸占了。我和二姐、母亲父亲就挤在后面低矮的屋子里。早先大床上挤着我们娘仨，父亲一人睡窄窄的竹床。后来有一天晚上睡梦中我一脚把母亲踹下了床，被母亲骂醒后，就听母亲吼着父亲，要他无论如何明天就弄张床来，一定得把这个"小祖宗"分开，不然早晚会被她踹死。

把娘老子踹下床，谁敢啊？那肯定只是在睡梦中。母亲是家里的"母老虎"，我从小就听惯了她教训父亲，父亲每次总是像无辜的孩子那样急赤白脸地辩解。我虽很顽劣，又是父母的幺儿，尽管家贫，但从生下来就受到父母娇宠。即使有一百个理由，但断断不敢在醒着的时候踹母亲。母亲毕竟是母亲。打从记事开始，我父母就各睡各的床。我有限的家庭伦理道德教育里，根本就没有夫妻同睡一张床是天经地义的内容。及至有次大嫂在厕所里还没有出来时，大哥捂着肚子慌忙跑进厕所，正在门口坦上打地老鼠的我远远望见，急得在后面猛喊，"不能去不能去哎，厕所里有女人！好丑啊！不要脸!"大哥懒得理我，一头钻进去，我鄙夷地丢了一句"男流氓"，赶紧跑远了。

夏天里，我们姚大圩这群孩子的故事里总离不开大姑。那时的我们总是拼命玩耍。暑假里是不需要上课的，农村里也没有谁谁家的孩子会去找老师补课。农忙了，孩子们有时也会被大人吆喝着一起下田学干农活，插秧割稻我都干过，至今小腿肚上还有被4条蚂蟥同时吸血后留下的褐色疤痕，手指上还有好几条镰刀割破的细疤子。我最喜欢去河坝上放牛，去水塘里打猪草，甚至划船网鱼摆渡。那时候，我们的命好像没有现在孩子的命金贵。我还不会游泳，家里大人居然放心让我去划船。夏季河水涨起来了，洪水咆哮，我划着小船，像一片叶子颠簸在浪尖上。我有时候很想见见水鬼，但我的运气不太好，好多个这样的夏天，我就跟着那些大人一起，在河里挣点上学的学费。从 11 岁到 17 岁，夏季里涨水的日子，我常常在水面上，划着小木船，漂来荡去。只要有伙伴，没有人教，我们自己就偷偷在浅水里练习着狗爬式。常常是还没有玩够，就有大人来河里挑水洗衣洗菜了。不管是谁，只要看见有孩子在水里玩耍，便高喊一嗓子，用"鬼来了鬼来了"吓唬着吆喝着我们爬上岸。水鬼的故事倒是听了不少，我却从来没有真正看见过一回水鬼。直到 15 岁初中毕业的那个暑假，大表哥从部队回家探亲，来看我母亲也就是他小姨，我俩去河里玩水，他几句点拨，我很快就掌握了要领，游得有些熟练了。

原来游泳不难啊。我后来一直疑惑，父亲会水，可他为啥从来不教我呢？他一生除了农活，只会打简单的算盘，那是他小时候在堂伯父家帮工时学会的。他农闲时候做渔网、绳子、篾箩，还有耕田耙地那一套，我是一样都没有学会。那些农活他也从来没有打算教我。但我小学时候，他却十分耐心地教我打算盘。这是他唯一教给我的技艺。后来我工作的时代，已经有了计算器，打算盘这门活就自然而然被淘汰了。我身上唯一的一门祖传手艺，便只能藏在脑海里，只有在清明或是春节时，在父亲坟前，便仿佛听到了算盘珠子拨动的响声。

不忙的时候，全村子里的孩子往往呼呼啦啦集合起来，分成两队，玩打仗的游戏，一队八路军，一队日本鬼子。我常常担任八路军的大队长，光着脚丫子，南征北战，村里每个小弄每个茅屋旮旯，我们的光脚丫都踏遍了。常常在黑咕隆咚里踩上一脚猪粪或狗粪，气得我们破口大骂猪狗的祖宗八代。用一块石片或树枝把脚上的粪便剔几下，又在灰地上使劲擦几下，便照旧追赶大部队。每每这个时候，大姑就会笑得分外开心，有些幸灾乐祸的样子。

大姑就像我们的编外队员，总喜欢影子般跟在我们身后，一起吆喝一起奔跑一起肆无忌惮地大声欢笑。所不同的是，她总是趿拉着一双自己缝制的布拖鞋，穿着她自己缝制的满襟毛士林褂，青色老布大筒裤。她从来没有踩上过臭烘烘的粪便。

在我们顽童的印象里，大姑就跟我们这群孩子一样，玩得昏天黑地我们便忘了她是"大姑"。两个队一开打起来，她就成了"洪湖赤卫队"里的韩英，是自己人。

这样快乐的日子一直从小学持续到初中毕业，直到上了高一，便戛然画了句号。那时候的高中只有两年。高一一个暑假，跟着父亲搞"双抢"，又收割又挑稻把，还要插稻秧。在又长又宽的水田里，望望前头的田埂又回望望屁股后的田埂，心里涌起上不着天下不着地的无望。尽管父亲常常照顾我，我挑的稻把很小，但从田头到稻场，那么远的泥巴埂，那样毒辣的日头，沉重、饥渴和酷热，考验着我。我咬着牙坚持着，深深体会到农民的不易，心里暗暗发誓一定要努力念书，跳出农门。

高二那年过得特别快，班主任把我作为种子选手，一再谈话，一再施压，逼得我离开了我喜欢的体育队。母亲见面就唠叨个不停，让我感到无形的压力。我再也没有时间去想象打仗划船的游戏了，只能一门心思去冲刺高考——那可是关系到我这个农家娃未来人生的大事啊。

二

我们这个村坐落在大沙河进入古雷池的入口边，是个移民村，300多户。元末明初战乱频繁，为躲避兵燹，我们的一世祖挑着担子，捧着祖宗牌位，挈妇将雏，从江西瓦屑坝渡江而过，环顾四野，最终选中了这条有山岭有沙洲芦苇的河口，结草成庐，围圩垦荒，至今也不过20余代。20多代的变迁，已经由最早的一户三子逐渐散叶开花，而今成了安湖县第五大宗族，散落到全县各个角落居住。改革开放后，族人子孙更是如芝麻种子一样，外出求学、打工，之后播撒到全国各地落户，继续生根发芽。

水是生命之源，逐水而居是祖先们必然而聪慧的选择。古人云：不敢越雷池半步。"雷池"指的就是我们姚大圩东南面不远处的那个大泊湖。雷池东西北三方分接三县，南面临江，有通江口。大沙河从村子的背后流过，汇入雷池。雷池始于何时，沙河历经了多少岁月，这些高深的问题，我们这个大圩里几千号人估计都没有谁去考证过，只偶尔从年长者的口中听说过先辈们为了在这里扎下根，同邻村争斗的传奇。族人们为了生存和发展，依赖着这条大沙河，大沙河成就了姚大圩里三四个不同的宗族，也在我们游子的心中留下了无数的念想。

我们的大姑便是其中之一。

河坝上搭起了蓝色的帐篷，隔一段就有一个。这是县民政局统一下拨的防汛抗洪物资。小叔叔每天值夜班，就在帐篷里歇息一会儿。

小叔叔只比我大 10 岁，是木匠伯的儿子。傍晚的时候，小叔叔早早热了现饭菜，三下五除二扒了两碗，换上靴子，带了一竹筒茶水，就去河坝。经过我家门口时喊了我句："小毛你回来了？"一边丢下一句话："我值班去了。"

我赶紧追出去，喊着"小叔等等我"。小叔停下了，不解地问："你干啥去？"

我笑了："我也去看看呀。"

"有什么好看的。"小叔撇撇嘴，不屑得很，提起脚又走，却又补了句："你想去玩就去玩会儿，河坝上可不比城里，晚上蚊子又多又毒，不要半个时辰就让你起一身痒包呢。"

我俩正说着时，大姑穿一身青衣正往这边跑着，上气不接下气喊："等等我等等我。"

我和小叔都诧异起来，互相用眼神交换了一下："她去干吗？"

大姑跑到我面前气喘吁吁地问："毛头，你晚上干吗呢？"

"去圩坝上查险。"我看着大姑嘴角流下的一溜口水，心里想笑。

"要你查么鬼。还不如到我家去，替我写封信。"大姑掏了掏口袋，掏出一条黄瓜，嫩嫩的，表皮皱巴巴的，她在衣摆上擦了擦，递给我说："给你吃，我刚刚去菜地里摘的，嫩得很。"

我没有伸手，"才刚刚吃过晚饭。我妈特意为我杀了一只仔公鸡，很小，估计还没有一斤重，用酱油红烧，香喷喷的，硬要我一个人吃了，还吃了一海碗锅巴粥。这会儿胃还胀得厉害，所以得出去运动运动。"

　　大姑看我没有接她的黄瓜，也没有想挪动脚的意思，就像小姑娘样，有些害羞地低下头喏嚅着："我想给我獭儿写封信……"

　　我的心被她的神色揪了一下，有点生疼，紧紧的像被铁丝绑着。小叔叔默了一会儿便说："你就莫去圩坝上吧，大学生哪受得了那个苦，刚刚吃的鸡长的血不够蚊子一晚上喝的。"

　　但即使我不去圩坝上，我也不能去给大姑写信啊。她的獭儿早就死了。獭儿就是大姑的独生儿子，比我还大一岁呢，如果没有死，现在有 20 出头了。

　　那时候，獭儿也喜欢玩。在我们这群孩子里，他也算发号施令的一个。但他念书比我迟，我读初一那年，他才读小学四年级。一到夏天，他就喜欢跑到外婆家来，我们一起玩耍，无需喊他獭哥，只要喊小名"獭儿"。獭儿本来也能在水里扑腾几下。河边长大的男孩子，没有谁不喜欢水的。一过了 6 月，我们晚上就从来不在家里洗澡，总是拿条短裤水猴子一样跑到沙河里去。只要上游不下暴雨，河里的水就是浅浅的清清的。宽阔的河道，漫漫黄沙，清清流水，趴在水里，只露出一个头来，浑身的疲惫和污垢便一扫而光，十分惬意。整个夏天，这是最让人留恋的时刻。我们常常玩得忘了月已西斜。但每每只要大姑在弄口大嗓门一喊"水鬼来了哦"，就会不顾一切地跑上岸，连裤子也不穿了，光屁股跑回家。

　　那也是一个发大水的夏天。

　　记忆中，我们姚大圩的夏天总是被水包围着，我也总是像母亲一样，提心吊胆地过着每一个暴风骤雨的夏夜。或许而今，我常常没有安全感，便是起源于小时候暴风骤雨之夜的担惊受怕。只要躺上床眯起眼，脑海里就常常闪现"9·11事件""5·12汶川大地震"等等天灾人祸的镜头，就想着葛洲坝的大水、石化粗大的输油管道……还有我在 10 岁那年的暑假，亲眼目睹獭儿被大水卷走，那一条斜举着的手臂，渐渐没入那个愈来愈远的漩涡……

现在想来，或许就是那条大沙河里吞噬了太多的生命，我父亲才不教我游泳。他总说："淹死的都是会水的。"

村里已经分田到户了。大哥与父母分家后，便搬到圩坝的上游去盖了三间瓦房，二姐同年出嫁到十几里远的刘家大屋。家里剩下父母和我三口人，田地按人头分，一个人还不足一亩田。我家连着菜地刚刚三亩的样子。大凡这样的圩区，是没有什么旱地的。稍微高一点的地方，就开成地，种些菜和山芋之类。

产稻区最忙的就是盛夏，俗称"双抢"。记忆中村里大集体时候，无论是割稻子还是插稻秧，都排成一横排，男男女女，是骡子是马在一起比试比试。那个场景很是壮观，大家吆喝着唱和着，热闹非凡。我从小一直在学校里念书，星期天节假日也只是偶尔被喊去做做，并没有成为大比试的主力。

倒是大姑每次都异常兴奋，卷起裤管，跑上跑下，爽快地吆喝着，不仅插秧是把快手，挑稻把也不亚于男人。本来大姑可以不干的，毕竟是嫁出去的女，何况还有大家都心照不宣的毛病。但大姑仿佛就从来没有把自己当女人，比起她娘家兄弟，她更好管闲事。田里地里样样不落人后。有次我下学后去放牛，牵着水牛经过她们插秧的田埂，望见她埋着头，手像鸡啄米一样，换秧时，也不直起腰喘口气。那天她穿了件浅蓝色的凡士林裤子，屁股后红了一大片，十分醒目。我正纳闷，那些人怎么不告诉她呢，急得我大喊："大姑大姑，你受伤了。"大姑直起腰来望着我，我说："屁股上屁股上，流血了。"

大姑的脸色瞬间凝固住，好像很害羞的样子，慌忙跑上田埂，跑回了村子。

直到很多年后，我结婚了，才醒悟了大姑当时为啥红着脸害羞跑了。

大姑喜欢端着满满一蓝边碗饭，饭头上还堆着黄瓜豆角辣椒，慢条斯理趿拉着自己做的泡沫底拖鞋，经过长脚管和肉头家的门口，走到弄口去乘凉。弄口通向大沙河，在胖二妞和肉头两家之间，山头墙夹出来一条窄弄，只能容一人通过。

弄口风大，夏天只有这里特别凉爽。

大人们吃完饭上工去了，我们吃完饭上学去了。大部分时候，大姑就独自端着一个藤箕，里面有不少针头线脑剪刀之类的，到弄口去做针线活。有时候干脆到河边的柳树荫下，坐在一块石头上，眼睛望着河面。偶尔有小孩到河边玩耍，她就急忙丢下针线起身去呵斥："快上来，鬼来啦!"遇上孩子不听话，她找根树桠，卷起裤腿，就撵到水里去。邻里之间经常因为鸡鸭猪狗的小事吵架，但没有谁家大人因为孩子挨了大姑的棍子而起口角的。有了大姑在，村里有小孩的人家，自然放心不少。

三

1983 年那个夏天，姚大圩是一片水乡泽国，我想回家去看看父母，但从县里过去客车只能到中途的桥头岭。司机说："对不住了姑娘，你自己找条船去吧?"我望望四野，哪里还有船的影子？公路、稻田、荷塘、黄豆地……圩里畈上所有的一切都从视野中消失了，水中稀稀落落只有几棵树，举起一小段树杪，顽强地在水面上摇曳着一抹绿色，仿佛落水的人举起胳膊呼救。偶尔飞来一只鹭鸶，落在枝头，压得树枝颤颤几下。

遥远的水的地平线，有一片黛黑的影子，那就是我的村庄，那里有我的父母和兄弟，还有与我一起玩耍过的小伙伴们。

我正沿着公路的痕迹蹚着水，走一步探一步，离村头路口才走出几十米远，心里担心路上不知道有没有豁口，很忐忑。正在迟疑，一个骑自行车戴着草帽的男人在水边停下，喊了一嗓子："别往前走了，姑娘，你要去哪里？"

我望望他满是泥巴的自行车说："我要去姚大圩，不知道我家怎么样了。"

高个男人右手扶着自行车，抬起左手看看表，那样子定是个干部吧。我在心里揣摩着，只听他说："现在下午 2 点了。你急不急？如果不急，你就等等，有人正好来接我去圩上。"

我问："你是去防汛的？"

他点点头。我望望西边的太阳，这还是一天中最热的时候，我既没戴草帽也没打伞，脸上晒得油亮亮的，我能听见汗水滴落的声音。

我不急。我心想，运气还不错，碰上好人了。

那个时候，农村家家都还没有电话，隔着洪水，就音讯全断。一个多月不知道父母的信息，放在现在数字化时代，那时的闭塞真的是难以想象。

一条小木船靠近路边时，一个 40 多岁的汉子喊着："许书记，让你久等了！"他跳上岸，双手握紧了高个男人的手。我这才明白这位同我一起在烈日下等待的领导，就是县委副书记。其实那时候县里是有吉普车的，但他却骑着自行车，独自前往防汛一线。

当得知我在省城大学里学中文系，这个暑假正在邻市一家新闻单位实习时。他说："姑娘，你正好在姚大圩多待几天，好好感受一下，看看我们是如何发动干群，抗洪救灾生产自救的。好好写写这个过程中涌现出的可歌可泣的先进人物。昨天还有一个40多岁的女同志，她为了救一个老奶奶差点牺牲了。对了，应该就是你们村民小组的。"

船在昔日的稻田上面滑行，看得见稻禾在船底下垂头丧气哀伤的样子。来接的这位就是乡里的唐乡长，他简要介绍着："8月10日的大暴雨，一天一夜降雨量达到了220多毫升，本来所有的干群已经严防死守了20多天，以为三伏天一过，就可以大功告成了，可再多的沙包也抵抗不住这倾盆大雨。整个姚大圩全线溃破，7处溃破口，10余处漫顶。最后防汛指挥部紧急下令，赶紧撤退，确保人员牲畜安全，青壮劳力和党员一律不得回家，全部统一听令，抢险队加固房前屋后的圩坝，保证房子不倒，家里不进水；老党员带着有经验的老农，日夜巡查，防止危房倒塌出现伤亡事故。"

"那个跳水救人的石秀花，具体情况是怎么回事？"书记坐定在船头，问乡长。

唐乡长说："石秀花？哦，他们村里老老小小都喊她大姑……"

我一听警觉起来问了句："大姑？"唐乡长说，"对，都喊她大姑。她头脑本来有些问题，早些年受过刺激，她的独生儿子就是被水淹死的。"

"她怎么了?"我急切地插嘴。

唐乡长点点头:"昨天,村头的五保户陆奶奶想去菜地里摘点菜回来,说好几天没有新鲜菜下饭了。通往菜地的路上有水,陆奶奶失足落进水塘,恰巧被大姑望见了,她趿拉着拖鞋跑过去,一边跑一边喊,后来索性甩了拖鞋,不顾一切跳下去。但大姑也不会游泳。平时塘里的水不深,这不,连续下了一个多星期的雨,水塘里的水涨得淹没了石墩,快漫顶呢。渠道里的水也放不出去,都是好几米深呢。"唐乡长的表达能力很强,像讲故事似的。"等到几个男劳力赶来,把已经沉入水底的大姑拽起来,大姑呛了一肚子水,刚好大树下有头水牛,人们手忙脚乱把大姑抱上牛背荡水。水呕了一地,大姑终于吐出一口气。"

"大姑回过神,从牛背上一跐溜下地就喊了句:'妈咧,我的鞋子呢?'引得围观的人们长吁一口气。撵过来的唐婶赶紧沿路去给她找回那双红布拖鞋,让她穿上。大姑没事人一样,也不说什么,穿上就往娘家走。唐婶看着她的背影说:'万幸万幸。'"

唐乡长叙述故事时,我的心被揪紧了。许书记一个劲表扬说:"真不错,这样的女同志要大力宣传。"

"可是,那个陆奶奶……"我嗫嚅着,很关切那个五保户陆奶奶。

唐乡长说,"陆奶奶毕竟年纪大了,经不得在水里一折腾,去世了。"

许书记说:"告诉村里要好好安葬老人。同时要引以为戒,做好孤寡老人的食物保障,还有安全工作。"

我急切地想见到大姑。她那跟屁虫一样跟在我们顽童队伍后面的快乐笑声,她毫无城府的大嗓门,她举起树枝佯装追打我们的滑稽样子……总而言之，这么一个让我们的夏天充满丰富色彩的大姑，又以一个壮举勾起了我的思念。

那年 9 月开学后不久，辅导员一见到我就高兴地表扬："不错不错，实习生的文章上了省报的头条，占了半个版面，很不错，以后肯定能当一个好记者。"

我常常想，也许，是大姑成全了我后来半生的记者生涯。

水退了后的那个秋天，大沙河里的河虾多得出奇，密密麻麻像千军万马，纷纷往上游行进。家家户户老老小小，欢天喜地从木阁楼上拉出自制的渔网，捞满了箩筐。吃不了就晒，天天晒，有人干脆用自行车背进城，卖几个钱买些米回来。稻谷被淹，粮食自然要靠上面供应，人口多的人家，粮食就不够吃了。

后来，我调到县城工作后，毫不犹豫把父母接到城里住。尽管还有哥哥留守在村里，偶尔还能关照一下年迈的父母；尽管大沙河上架起了水泥桥，再也不用像我小时候那样，还要卷起裤管打着赤脚蹚着刺骨的水去乡里，到学校去；尽管大沙河大多时候它是清清的、浅浅的，它供应着沿河村民的吃喝浣洗，承载了我儿时许多美好的记忆……但无论如何，我怎么也抹不去它刻在我脑海中的另一种形象。

大沙河啊，我梦中的水！我的水乡！

遥远的水的地平线，有一片黛黑的影子，那就是我的村庄，那里有我的父母和兄弟，还有与我一起玩耍过的小伙伴们。

那些青涩那些年

我至今常常想起——我初二时的那个物理代课老师。老实说，是他的三句话改变了我的人生轨迹。

那时他应该很年轻，可能 20 出头吧，高中毕业就回到公社初级中学代课。我们公社的初中，那几年有不少代课教师，恢复高考时，大多考走了。

我上初二的时候，刚刚 13 岁。上个世纪 70 年代，十二三岁的女孩，照理说，我应该明白一些世事，但我偏偏对世事完全懵懂无知。现在想来，我的无知应该完全归咎于老实厚道的父母对我这么女的放任自流，让我像男孩一样打闹玩耍，直到高考懵懵懂懂低飞通过，成了村里第一个女大学生后，父母和村人们依然觉得我还是个小"毛伢"，啥事都不懂。

课余时间疯子般地追逐、打闹，现在想来，我在那些年轻的男代课教师眼里，丝毫没有一点女孩子味，常常是玩得忘了去老师房间掇作业本。我到底是学习委员还是文体委员，到现在我都没有弄清楚，可见我的玩性之大。我根本没料到，忘了在课前掇作业本发放，这事的后遗症有多大，大得改变了我的人生。

我清楚地记得，那个瘦瘦的物理老师，右边的嘴角往上歪，左右不对称，仿佛是一个蹩脚的书法家在收笔时不小心的败笔。上课铃声一响，我们的追打立即停住，小老鼠一样哧溜进教室，坐好，气喘吁吁的，找出课本，慌忙打开，等着老师进门，走上讲台站定，威严的视线扫过全场，严肃地说："上课！"

"老师好！"我们齐声高喊。

老师没有回答"坐下"，而是严厉地说："学习委员第一次失职！"

当教室里五六十双眼睛扫向我时，我还懵着。我确实还没弄清楚，我是不是学习委员。如果不是学习委员，我何以要去掇作业本？

忘了掇作业本，这算个事吗？有必要在全班同学面前正儿八经批判吗？大凡人们眼里的"好学生"，往往是不敢同老师顶嘴的。即使我心里不服，也只能"腹诽"。我继续像往常一样，课间10分钟打闹嬉戏。当又一天课前"学习委员第三次失职"的声音犹如炸雷响起时，我瞥见的是他恼怒而不屑的目光。或许正是那种不善与不屑激起了我天生的倔强与反抗，我还之以怒目而视。那一瞬间，那个歪嘴角在一个少年的眼里，忽而变得十分丑陋。我平生第一次开始厌恶一个老师，进而开始厌恶这个老师代的课了。

物理本就是从初二新开的课，最重要的是激发出学生的兴趣。但谁会想到新课才不到两个星期，老师就给我这个学习委员一个下马威。此后，我一上物理课，便看起别的书甚至打起瞌睡来，以至于后来物理科目跛腿，高中的时候只得选学文科。

初三的时候，按成绩我被分到了甲班，物理换成了学养深厚的唐普元老师。不久的一天，校园里犹如晴天霹雳，那位年轻的物理老师忽然自缢于宿舍。全公社对此议论纷纷。而我只有初闻之时的惊惧，也无甚悲痛。对于他自缢之因，我更不曾打听过。现在想想，这对一个十二三岁且曾经不被善待的少年来说，那种淡然的反应也在情理之中。

随着年岁的增长，每当我因文字而苦恼，因从文而懊悔之时，我就自然而然想到了那位老师。

或许他本因自己的出身、恋爱受挫、高考报名受阻之故，蓄满了恶劣的心情，而我未能履行自己的职责，正好撞在枪口上，受到批评那是一百个应该。算我倒霉。

我的倒霉自然没有必要还去追究。只是当多年以后，我也走上讲台，那一幕幕情景时常提醒着我，要善待学生，对每一颗幼小的自尊心都要像爱护自己的眼睛一样，慎之又慎。

不就是忘了掇作业本嘛，你喊我下课再去掇，也来得及啊；或者你自己顺手带来一下，也不费事；再不行干脆把我喊出去私下骂一顿甚或赏个暴栗也没关系。非得要当着全班同学，跌我这个班干的面子干嘛呢？而且还那么声色俱厉，还一连三次！

在我幼小的心里，我认定了他是故意"整"我。为什么要这么整我？或许就是看不惯一个女孩子的"疯疯癫癫"，或许就是我从来不懂得嘴甜一些，要不就是因为我家里贫寒，穿得朴素。至今我都认为，如果不是他的小题大做，我后来绝对不会去学文科，不会稀里糊涂去填报汉语言文学专业。要知道，汉语言文学是最没有特色的专业，是万金油，只要是个中国人，谁不是从小就在生活中学会了这门课程。

自然界和社会学界有"蝴蝶效应"一说。而对于我来说，初二时候那位物理老师的三句话就是蝴蝶的翅膀，煽动起一股飓风，吹得我偏离了原本的航向。

几十年过去，我对他早已没有了怨恨，却多了许多同情和理解。

我小时候懂事很迟，对大自然却有着非同一般的好奇。高考后才在母亲的唠叨下，极不情愿地开始学做针线活，整个暑假，完成了平生唯一一双亲手做的布鞋。那是一双松紧布鞋，我觉得是我生命里前 17 个年头穿的第一双最好看的布鞋。说这话似乎有点埋汰我的母亲和两个姐姐，她们做了一生的鞋子，却都不如我做的第一双好看。这不是我自吹。这双我认为最好看的鞋，自然随我走进了大学校园。不曾想我把它放在宿舍外晒的时候，居然被人偷去了。那么多鞋子在一起晒，偏偏偷我的。这个该死的贼！被我诅咒了好多天。直到今天还有些惋惜，我做一双鞋子多么不易啊！那是我平生亲手做的唯一一双布底松紧鞋，是一针一线纳的鞋底，手指头还被针戳了好多的小窟窿！

上个世纪 70 年代末，初中教师奇缺，教我们的数学、物理、英语、当我们班主任的，都是本乡本土的高中生。他们应该很年轻，但在我心目中，他们是老师，师道尊严，我总是像老鼠见到猫一样，绕过他们，不像那些家境好懂事早漂亮又爱打扮的女同学，她们总喜欢嘻嘻哈哈往老师房间钻。

那时候，有份工作，能发一份工资，已经是很荣耀的事。不得不承认他们很认真负责。现在想来，他们毕竟只是高中毕业生，小的只有十八九岁，大的不超过 30 岁，对教育学心理学根本未曾涉及，他们哪里懂得爱护一个十二三岁学生的自尊心和兴趣，是头等的重要呢。

我至今还是没闹明白，初三以前的我总是同男孩子一起追逐打闹，玩打仗的游戏，丝毫没有女孩子的性别意识。下塘捕鱼，上树捉知了，下河划船，高瓜林逮鸟……课余时候，我一门心思做这些，也因此常常惹出事端，惹得大人们吵架。我的父母却从不严加约束，任由我自由发展。后来参加工作后，我特别厌恶一成不变的机关单位里"宫斗"般的生涯，或许就是缘起于少小时的那段经历吧？那时的我特别向往军营，向往当警察。如果我的家人有点门道或见识，让我当个女兵或者女警官，我想，像我这样能吃苦的女孩，肯定是很棒的，会满身凛然正气，绝对比后来坐在办公室里，窝窝囊囊伏案半辈子要好得多。

初中时，一放学，母亲便吆喝着我去拾粪、掏猪菜、挖柴火。对我来说，这些是最快乐的游戏。那些小伙伴常常为只言片语相互怄气，为抢得多少而计较甚或吵架，很多天互不理睬。而我从头到尾无心无肺、不争不抢，在她们眼里，倒是个很好的搭档和陪衬。我每次回家少不了挨母亲一顿数落：又不够猪吃一口的。小秀、小华、英子，哪一个都比你多，连小凤比你小3岁，都比你麻利。你今后靠么事讨吃呢！

母亲紧皱的眉头在黄昏中显得格外凄苦，那种恨铁不成钢的余音会持续到晚饭塞进嘴里，但母亲从没有因为我驮回家的柴火野菜少而罚饭。盛给我碗里的饭照样比他们自己的要好，我总是吃白米饭，母亲父亲姐姐都是山芋角拌饭、萝卜菜拌饭。母亲唠叨归唠叨，一生从来没有打骂过我。

母亲对大姐二姐却严厉得多。大姐在我3岁时就出嫁了，二姐比我大10岁。最亏的是二姐，她没有念一天书，她一直放牛、做家务，而让我上学，让我玩耍。我没有同胞兄弟，父母这样对我，却让我从小无形之中反倒感受到山一样大的压力和责任。他们是把我当男孩子养啊！

那时还未开始计划生育，墙上还没有贴"生男生女都一样"的标语。在城里长大的人，是无法体会到族居的乡村里那些奇奇怪怪的心态。没有男孩子的家庭，许多荒唐的遭际是现今的城市移民人无法想象的。

对母亲的唠叨我从来没有放在心上，往往是这边耳朵进那边耳朵出，睡一觉也就忘了。每次都如此。好在有一样，我总比那些小伙伴们强，那就是读书。每次考试，我总会带给父母好消息。我看见他们的脸上也因此有了舒心的笑容。

记忆中，我的小学成绩一直很棒，到了初中后，碰到那帮毛头小伙子的代课教师，他们既不懂教育学又不懂心理学，他们身边簇拥着一群"花蝴蝶"般已经懂事的女学生，尤其是三次"学习委员严重失职"的批评后，我的自信心与学习兴趣大打折扣，我逐渐边缘化，每周两节的劳动课上，班主任总爱把脏活重活委派我这个班委去带队。可那时候我的个头很小啊，在全班数一数二，年年坐在一排二排。凭什么那些人高马大的班长体育委员们反倒干轻松活？尽管心里一百个不情愿，但我还是乖乖执行。这样的不公我也没有放在心上。所幸，也有很公正很宽厚很仁慈的老师，初三时的语文老师唐鲁生就常常把我的作文刻印成范文，在课堂上朗诵、评讲，让我大出风头。这足够鼓舞我的士气，使得我再怎么被"不公正对待"也还是考取了高中。那年代考取高中的女生不多，我终于冲破不少族人"女伢念书无用论"的成见或偏见，在大姐大姐夫的支持下，走进了著名的程集中学。

那时，我的父母同现在的家长完全两样，他们连老师姓甚名谁都不清楚，更不说去学校了解我的思想动态，自然对我的物理课跛腿以及跛腿之因一概不知。而唐老师对我的作文大加鼓励，重树我的自信，那份恩情，无论是当时还是后来，父母和我都未曾在物质和语言上有所表示。一个贫寒家庭出生的女孩，她的人生之路上，遇到的所有恩与怨，都只能默默埋藏在心底。

虽然对某个学生的不当批评，于一个教师的教育生涯来说，真的不值一提。即便是对一个学生产生了深远的影响。而我自己，因受了几句批评就放弃了本不该放弃的东西。孰对孰错，孰轻孰重，当时蒙在鼓里，而今一目了然。

几年后，我稀里糊涂走上了中学讲台。因为自己少小时的遭遇和教训，我对我的学生们一直很宽容，很鼓励。我甚至待他们如弟妹。我牢记着古语"扶土成墙，扶人成王"的道理。

人一生的关键时刻啊，最需要的就是真诚的呵护和扶持！

而今，当我两鬓染霜，走过千山万水，阅尽滚滚红尘，无论是波云黯淡，还是岁月噙香，少年的记忆总是很顽强地占据大脑的显眼空间。每每想起中学时候的那些老师，心中五味杂陈。及至后来，我走上写作之路后，学会了从历史从环境从人性的角度来研判人与事，我渐渐对他们都有了深刻的理解。是恩也好，是怨也罢，或许最好的回顾就是让它们如高天淡云，随风逝去。

少年时候的意气用事，改写了人生的历程。但仔细想想，自己的人生之舟终归还是靠自己把握，无论风雨还是彩虹，学会微笑着面对，则是人生之大智，也是大幸。

2020 年

老城贤医

刚到安庆的那些年，我仍然保持着在县城的工作和生活习惯，敬业、勤俭、简单。下班后在路口带一把青菜回来，下米，洗菜，三分钟炒熟，就着一罐腌菜或咸鱼，从进门到吃完，半小时就能搞定。

不久，胃炎复发，胡菡芬说：胃要靠养。想想有道理，我已经做过两次胃镜，吃过许多药，并未见好转。那时我住菱湖新村，门口就有一家小超市。我到超市里选了最细的鸡蛋面条，煮得糊糊的，每天晚上吃一碗。早上也不敢吃糍糕、烧麦、山芋这些伤胃的食品了。没想到半年后，胃病就无影无踪。

我出生于农家，成长于学校，母亲40多岁时生了我这个么女，从小营养不良，体质羸弱。但我素喜体育运动，性急，做事风风火火。无论是做中学教师还是当报社记者编辑，及至后来担任部门主要负责人，无论在哪个岗位，我总是工作第一，写作第二，孩子第三，生活第四。胃病有了不在乎，咳嗽3个月懒得进医院，动不动流鼻血……这些在我眼里，从来就不是病，哪里还有工夫去谈什么养生之道。就这样一直干到孩子上了大学，我也调到了安庆。

15 年后的今天，每当回想起来，在安庆这座老城里，我的学识和文学成就虽然进步缓慢，但我转变了很多观念，学会了养生，找到了快乐。细想想，人的一生，有什么比健康和快乐更重要呢？

安庆，确实是一个"宜居"之城。我以前说它"宜居"，还带点讽刺意味，觉得安庆男人喜欢谈吃，吃起来眉飞色舞；女人喜欢逛街，打扮得花枝招展。哪怕是下岗工人，皮鞋也是锃亮的，头发也是旭光光的。

时间长了，经历多了，终于明白了：讲究自身形象，才是一个城市人文明素养的外在标签。

当我常常想不起人名，当我老是背不熟社会主义核心价值观，当我常常烧破开水壶……我开始惊惧了。我为什么比著名作家石楠老师的记忆力还差呢？她 80 多岁的人了，不仅脸上没有皱纹，还能对许多文化名人如数家珍。她可是比我大 25 岁啊！她就住在菱湖的南边，不远，我时常穿过菱湖公园步行到她家去串门，留心观察她的生活习惯，深有感触。

许多颇有成就的长者，他们不仅事业与为人上是我们的楷模，生活习惯和养生意识上，也不亚于名医。因为他们睿智、善于思考和总结。

渐渐地，我开始审视自身。原来我的身上，毛病还挺严重的。长期失眠，长期便秘，四五天上一次厕所是常事。但我一直不在意，腹部鼓胀得受不了时就去药店买一盒黄连上清片服下。后来医生朋友告诉我，吃这种药只能解决一时之需，长此下去，肠子会越变越细，时日久了还会变黑，就无法挽救了。

这一说，吓了我一大跳。

你这样子有多久了？

我懵了。我真的不知道有多久了，几十年吧？记忆中或许一直就是这样。我以前根本就不知道这是病啊。

你要慢慢调养，喝些中药。

我开始寻访老中医。

安庆大街上的"国医堂"和小巷子里个体诊所还真不少。

孝肃路老公安局后面的小区里，老旧的居民楼一楼，很小的一居室，有位 80 多岁的陈姓老中医。早上 7 ~ 9 点，每天只坐诊两个小时。这让我很好奇，起个大早跑去排队。捉脉，自制药丸，自备草药。患者往往 6 点就去排队，怕轮不上。老医生很认真查找各人的页码，填写病历，但不喜欢说话，只能他问，患者不能问，问了要么懒得理你，要么不耐烦。望闻问切，他也是常常示意你张口、伸舌……方子一开，就让儿子抓药。9 点一到，管你怎么说好话，他径直收拾诊器，扬长而去。听他儿子说，他需要准时去公园里溜达。

我心想，大概名医就是这样的习惯和脾性吧。

那几年，我每隔半个月就起早去老巷子里排队，即使心有疑问，见那么多人早早排队，我还是带着几许崇拜和期待，按时按嘱吃着他开的药。

两年过去，我的失眠与便秘，并没有明显好转。我想，必须换个医师了。

让我终身受益的是健康路上何宏敏中医诊所里的坐堂医师何宏敏先生。

何医师为人和善、热情，喜欢拉家常，全天上班。墙壁上贴的各种医患注意事项，都是他自己用毛笔抄写的。他有种独特的挂号方式。一张小纸片，名片大小，正面是诊所的联系方式，背面是患者姓名、编号和表格。每次诊视完，他都会在表格上写上日期，方便下次查找病历。

白衣天使形象在我心目中日益高大起来。何宏敏医师不仅耐心、诚恳、仁爱，还向我细说医理。一再叮嘱我，喝药只是辅助，关键在养成好的生活规律和习惯。有时还同我讲述蒋介石、毛泽东等大人物在这方面的经验之谈。他的话对我如醍醐灌顶，我开始深刻反省，我过去的生活，真的是太忽视太粗糙太简单了。

我很信任他，便在他那里捡药，一直喝了两三年。与其说开药，不如说是心理和行为纠正。我开始纠正自己过去不良的生活习惯，开始讲究养生之道，开始研究生活，并且时常反省自己在孩子成长过程中生活和教育上所犯的错误。

那时我就萌生了写写何宏敏医师的念头，可惜拖到现在。

春节前后，我的咳嗽又有很长时间。恰遇新冠肺炎，人心惶惶，我不敢去医院，只得打电话给《古越月大夫的美丽人生》的作者胡志平医师，她微信指导我买药，悉心叮嘱。真是医者仁心。她退休后医院留用 10 年，之后花 4 年时间完成 30 万字的励志长篇小说。她和老作家老医务工作者顾乐生一样，都是那么敬业、善良、积极而乐观地对待人生。

每每从他们身上，我不仅感受到醇厚的人间温馨，还常常受到激励和鼓舞，心态也积极乐观起来。

2020 年

泥土的芬芳

泥土总是让人永远亲近并怀念的。它犹如亲情，越久越醇厚。

每年的4月，人们都会从遥天远地的地方，赶回有着无边泥土的老家。中国的清明节，感恩与祈福，千百年的延续，自然深深植根于我们的灵魂深处。

在乡下，有泥土才有田地；在城里，有泥土才有花圃和草甸，才有绿化率。绿化不仅仅是栽几棵树，种几畦草，还要看栽的啥树，种的啥草。桂花、香樟、银杏，这是装点城市小区的常见树种。若再有些亭台楼阁，水池喷泉，土丘沟壑，水里红鲤悠游，树上黄鹂婉鸣，那自然更好了。

城里的房子越来越高，离泥土越来越远。人又不是鸟雀，没有长翅膀，整日待在半空中，接不上土气，总有不踏实的感觉。夜静更深，躺着，耳朵里满是汽车驶过水泥地面的摩擦声，脑海里满是迅疾的气流。而自己就置身于这些气流和噪音之上，悬于半空。失眠一直这样紧跟着我，甩也甩不掉，撵也撵不走，实在叫人苦恼得很。便常常不自觉地立于窗前，远眺，视野里全是屋

顶，屋顶上全是太阳能热水器，十分刺眼；唯有俯瞰，空地上绿
树百花，喷泉环水，馨香弥漫。

我买房子，不太看房子本身的质量，而喜欢看小区里留有多
少泥土。"香樟里那水岸"，这个小区的名字很不错。可惜，它只
对了一半，有樟而无水，也不是理想的地方。阳光花园临江而
立，园内绿树花草，丘壑起伏，错落有致，但暗红色的外墙，给
人阴郁高深之感，丝毫也不"阳光"。那都是些高档小区，绿化
自然很不错。我早先住的菱湖新村，却有着与乡间割舍不了的
"泥土气息"，现在住的谐水湾，自然有水，遗憾的是，泥土虽然
不少，但花草的品位与搭配却略有逊色，仿佛是在规划上欠点
火候。

安庆的城里，遍寻之后，几乎就没有一个较理想的住宅小
区。偶尔空气中还能闻到一股浓重的怪味，那是石化厂的副产
品。居民们对此无可奈何。我的支气管炎愈发严重了，吃了许多
药，仍不见好。这令我更加怀想着乡下，那泥土的气息和芳香，
还有年迈的公婆，见到我就笑逐颜开的面容。

无边无垠的油菜花，把一个金黄色的春天镶嵌在我的视野。
老公的老家在宿松县复兴洲区。那是个土肥水沃的地方，随便撒
下一把种子，不几天就见青苗蓬勃。婆婆家的房前就是菜园，矮
矮的围墙，几块青砖随便码起来的。大蒜葱绿，菜苔茁壮，灰
包、水芹、芥笋、韭菜、萝卜……时兴菜样样不缺。每次我来看
公婆，都只要临时到菜园里摘一把青菜，就着井水洗了，上灶一
炒，那个新鲜味，吃了上顿还想下顿。临走，婆婆还跨进菜园，
扯出一大捆大蒜，抖掉泥土，要我带上。公公说，索性把根须剪
掉。他果真拿了菜刀，蹲在菜地边，一棵棵切掉根须，又一点一

滴把老叶扯了。公公年逾八旬，容颜苍老，视力不济，听觉不行。一生生养了6个儿子，供养儿子们读书，繁重的体力劳动，早透支了他的健康。平时很少做家务，农闲时喜欢打打小牌，一日三餐离不开酒瓶。以往，婆婆总不敢在亲戚家留宿，说是公公不会做饭。在我的记忆里，公公是不怎么做这些家务琐屑的。

我喝着水，蹲在公公身边，看他切蒜须，扯老叶。他的动作迟缓，但那份慈爱，那份喜悦，我能真切感受到。一瞬间，我有些恍惚，似乎身边蹲着切蒜须的就是我去世多年的父亲。一种久违的亲切感，弥漫我的全身。

人都说，生儿子只有名气，生女儿有福气。儿子们大了，各自成家，飞得远远的。老人们头疼脑热的，谁也够不着。父母生日，有多少人还记在心上。公婆周年劳作不息，种菜种地，并没有给我们多少负担。倒是婆婆，年过花甲后还要为念中学的孙儿们操劳着，把不会烧饭的公公撂在家里，在中学的边上租间小屋，照顾着他们的吃喝拉撒。这一陪就是好多年，孙子一个接一个，一年又一年，婆婆就这样陪伴着孩子们顺利完成了他们的中学学业，一个个又远走高飞了。

那些年，婆婆虽然远离了熟悉的故土，但在陪读的空余时间，居然还到山上开荒种菜。那种对泥土的留恋已经根深蒂固，融进了血脉，而她从小养成的勤俭习惯，无需高大上的理论说教，自然而然就那样潜移默化地影响着她的儿孙们。

有两年，婆婆听说葛根粉好，还跟着别人一起跑到山上挖野葛根，一点一滴洗净，锤碎，沥出葛根粉，自己舍不得吃，分给每个儿媳。夫从老家回来，又带回一袋子芝麻，说是婆婆给我的。见我长年便秘，叫我多吃芝麻。夫把芝麻洗了晒，我有些吃惊，怎么给这么多啊？她就那么一点地，能种多少？是不是全给我了？我眼前浮现着她在地里忙碌的身影，撒种、锄草、收割、打籽……这得经过多少工序，经过多长时间，才能有这一袋子的收成。

父母对子女的情意，远比泥土还要深厚！

每天清晨，芝麻的清香总是将我的思绪带往丈夫的老家：那片无边无际的小麦棉花地，那条看不见首尾的江堤，那温暖芳馨的泥土，还有在泥土地上永不停息劳作的婆婆……

从宜城出发，向西过皖河，经望江县华阳镇，沿着江堤，过杨湾闸、小孤山，继续西行七八公里，就到了一个叫复兴镇高屯社区的地方。这里四季葱绿，春日菜花香，夏季棉叶茂，秋天白花密，冬来麦苗亮。

每次回去见到公婆，他们满脸的欢喜，总是早早准备午饭。我时常跑去厨房，钻在柴火灶前，塞一把柴火，或是到锅台上，掀开锅盖，炒几下，同婆婆说几句家常话，问她还缺些啥。她总是说："不用不用，都不缺。"婆婆从来不向我们索要什么，也从来不向子孙们诉苦。无论谁回去了，她总是抢着要做饭，尽管年近八旬，只要天气晴好，就从来没有见她歇息过一天。虽然每次回去与公婆相处的时间不长，但吃着地道的锅巴粥，柴火灶烧出的土菜，总令我倍感香甜。

旷野无遮，泥土温厚。踏上这片泥土，嗅着这种亲切的气息，心里愈发踏实起来。

2020 年

水的断想

1

少年时，总向往走出小村，离开屋后的那条沙河。它横亘在家与学校之间，让我吃尽了苦头。冬日涉水，夏日摆渡，小小身影，流连在水之上。

进了城，终日穿行在车流与灰雾之中，时日久了，却又向往那样的水。

仁者爱山，智者乐水。而今的旅游业，越来越兴旺，足见人类的共同点。

我自认为仁者，而是否为智者，我不能自诩。喜爱山和水，但与山无缘，与水却天生的亲近。

一条宽大的沙河承载着我童年的梦境。冬天，水浅沙阔，清冷的水，清幽的霜，隔不断年少的梦想，求学，一日四次涉水而过，冬水，将其寒彻骨髓的记忆永远刻在我脑海中。春暖花开之后，水的温情和仁善又润泽着依水而居的子民。梅雨季节的鱼虾，给了这水以最灵动的眼睛。网鱼捞虾，水啊，发酵着周边百姓无垠的快乐。

我婆家的住房，原就在江堤外面一个大土墩上。汛期，江水就像爱开玩笑的男人，调兵遣将，把土墩围起来。那些房屋仿佛是一个个鸟窝，漂浮在浩瀚的水面上。婆婆也习惯了，并不惊慌，把小土灶移放在桌子上，照常烧茶煮饭。一家子男儿们摇着小船，穿行在垂杨柳中，隔夜放一条长丝网，早起一捞，嗬——满网兜的鱼虾！菜园淹了不愁，鱼虾的营养更好。江堤上，青草萋萋，牛羊和孩子们互相追逐，咩咩——哞哞，好一派江南田园风光。

老公少年时候，就如一条江豚，常常在江水里游弋，或在杨柳树林里挑墩、砍柴。这大江里的风浪，年复一年，磨砺出农家孩子强壮的体魄。

2

浩瀚的江水，日夜奔腾不息。谁会想到我喜爱水，竟至追随它，顺流而下，人到中年，还定居在江滨古城——安庆。

安庆市新建的滨江公园，临大江而遥望，长桥凌波，船舶古港，垂柳摇曳，草坪茵茵，曲径蜿蜒，江流不息。护堤一律砖混，上能跑车，仿佛西安的古城墙，时而有翘角的亭阁，木凳，漫步的人们，疲惫时可随意而坐，晚风习习，凉爽而悠然。

我的家就在滨江公园的北边，小区名曰"谐水湾"。顾名思义，谐，即靠近。也就是靠近水的地方。水是活的东西，水是生命之源。古代人盖房，讲究风水，上等住宅，一定是门前环水。我住这里，并非因为"风水"，而是喜爱这里的江水，长年不息的流水，从我的老家流过来，让我感觉分外亲切。在我的想象里，我与老公遥遥相望，君住长江头，我住长江尾。

3

现代的城里人，吃的是自来水，个人对水无从产生过缺少的恐惧，不会有上甘岭战场上志愿军的同感。我们长江中下游地区，从来不曾有过水荒。水，漫洇在日常生活中，似乎极端平常。如果没有遐想、没有联想、没有想象、没有思想，水，还能算什么？它的价值，决不如一块土地。

对一个善于遐想的大脑来说，这水，便是"智慧"等等词汇的载体了。

靠近水，是我的梦想。没有金钱，自然就梦想金钱，没有智慧，自然就梦想智慧。智者乐水。

我的文章缺少灵动。正因为此，我更需要水，需要水灵动的心性，水的智慧，水的承载力，水的包容。

我曾把自己的呆板，归咎于20年的教师和记者生涯。教师刻板，上课下课，听铃声，吃饭睡觉，听铃声。想迟到早退吗？你偷懒，一次两次可以，经常就不行，你就得下岗，聘不上了，靠边站吧。"千教万教教人求真，千学万学学做真人"，这曾经是我当教师时候的座右铭。至于记者"责权更广"，如果自己不正派不正规，还怎么能写公道性的新闻？还怎么能弘扬正能量？你得真实、准确，还得有正义感。

4

姜太公钓鱼，直着钩，能钓什么？还不就是每天面对着水，思考、遐想……无声而流动的水，既能让你浮躁的心灵安静，又能打开你思路的锈锁。人生策划，国家大计，会在无声无息之中，悄然成型并盘驻于脑海。

大江东去，浪淘尽，千古风流人物。曹操，一代枭雄，临江而叹。江南多美景，谁不忆江南？火烧赤壁，三国分立。这千古之水，让无数豪杰望而却步。

而我，临江而居，得天独厚。朝看水东流，暮望日西去。莽莽大桥飞架，汽车南来北往，日行几千里，无天险阻隔，南达湖广，北至辽哈。960 万平方公里，如咫尺之遥。

当年的诸葛和周瑜，倘使还在江边指点，岂不目瞪口呆？摇着的鹅毛扇，一定会惊掉进水里，随流而下了。还用得着草船借箭吗？

子在川上曰：逝者如斯夫。

这"斯"被解释为水，"逝者"为时间。其实，古人的思路里，又何止这一意象？

我每次看到江流水，脑海中却总是冒出这一句话：逝者如斯夫！这让我不敢懈怠，又于灯下，翻动书页，打开电脑。北窗外是川流不息的车辆，街道如斯，犹如江水，夜阑之时，久听则静，车声便如水过，无声无息。大隐隐于市，我终于懂得了。这是人生最高的境界。

2011 年

喝酒擂台赛

子　篇

手机又响了，是以前在县里工作时候的老领导老同事打来的：嗨，星期六你还在安庆呀？晚上老同事们聚聚，回来呀！

我犹豫着。10多分钟前，另一个老同事来电让我回去"聚一下"，我已答复不回了。很烦搭长途客车，路上摇摇晃晃耽误三四个小时。何况已经到中午了。

回来耶，是喝酒比赛！

那口气仿佛是我还不知实情。老领导一向善于做思想工作，语气里带着抑制不住的鼓动意味儿。

哇！比赛呀？我的眼前一亮，这"比赛"二字瞬间调动起我的神经，让我整个恹恹的身心，像打了一剂强心剂一样，猛然鲜活起来，我不假思索地说"好哇"。

立马收拾，以最快的速度赶到车站。终于如期赶在大家面前，引得满屋子一阵大笑。12 个人都到齐了，看得出，他们正在以"喝酒比赛"来打趣我。

面前的地上，放着两箱古井贡，桌上已经开了两瓶，菜冒着热气，酒杯都斟满了。

我张开嘴，"呀——"今天必须这么大干吗？

丑 篇

这个镜头已经过去十几年了。而在那次比赛前更远的岁月，我们那群志同道合的"媒体人"举办的一次"喝酒擂台赛"，一直令人津津乐道至今。

那时候，我们还都是一群"文学愤青"，一群"以天下为己任"的年轻报人……在几个非常开明的领导带领下，我们团结协作、满腔激情投入工作，我们单纯而活力四射，务实而富有创新意识，从来不计较个人得失，常常以酒作为催化剂，举着酒杯高叫"来吧！酒不就是水吗？""不喝酒的人工作也不起劲"……

那时候，我们喝酒大多是为了工作，喝到后来，哪还记得自己是女人。想争取一点年终追加经费，跟财政局的领导按杯论价；为争取一个赞助活动，同赞助单位领导喝得称兄道弟，直到对方答应为止。拿着酒瓶说：你答应不答应？不答应咱们就再喝，喝死为止。哄堂大笑之中，直到把自己喝得舌头说话发僵，喝得走路腿打飘。

也不管酒喝多了伤身体，嘴里还一个劲说"宁伤身体不伤感情"。

真是豪情万丈！那个年月，在新闻部门，我活脱脱就是一个"女汉子"形象。

寅 篇

我不仅自己是条女汉子，也非常欣赏"女汉子"性格的女同胞。

女人在男人面前扭扭捏捏，或者秋波频送，红彤彤的口红，时而还兰花指一翘，嗲声嗲气……让人不由得浑身起一层鸡皮疙瘩。我从小很反感那种"花里胡哨"的打扮，深恶那种"奴颜媚骨"的做派。我一直认为，在职场上，我就是"人"，不是"女人"。现代女性与往昔女性最大的区别就是职业不分性别了。既然职业是不分性别的，那么工作起来，女人就得同男士们一样，战天斗地，冲锋陷阵。当然，同样包括喝酒。

其实，人生如果没有几个值得回味的镜头，那就真的很乏味；人生，如果没有几件被大家津津乐道的事，那也就真的白活了。

20年前的那场喝酒擂台赛，历经岁月的风霜，也像老酒那样，历久弥新，令人回味无穷。尽管而今我已青春不再，每每想起来，却还能被那种青春的激情，那种集体的荣誉感所鼓动，并热血沸腾起来。

23年前，宿松县委宣传部新设立个宿松报社，从全县选调爱好写作的年轻人，我当时是唯一的女性，从程集中学教学岗位上突然被调走。

到了报社，同外界接触很多，自然少不了酒桌上的应酬。那时候的党报党刊平面媒体不多，不像现在这么冷落。一个年轻女记者，在酒桌上往往成为"众矢之的"，如果滴酒不沾，气氛就上不来。喝酒，常常成为打通关节、拉近距离的一大环节。即便胃坏了，休整了两年，为了工作，偶尔还得喝酒。

外出采访要喝，来客了要喝，商议工作要喝，事情谈成了要喝酒庆祝，碰上红白喜事也得喝，老朋友老同学相聚，更要一醉方休……

喝酒擂台赛就是在那个大背景下，就像现今许多单位开展掼蛋比赛一样。

人就是这样，豪情上来气吞山河，喝就喝呗，大不了一死。呵呵，放到现在，给我十个胆子，也不敢那么干了。因为，对于一个人一个家庭来说，健康才是最重要的。

喝酒要有度。就像做任何事一样。我的公公80多岁了，从年轻时候到现在，每餐必喝，10多年前，每餐一大杯。夜幕降临，煤油灯下，坐在桌前，半盘花生，一壶烧酒，对他而言，就是良药，可以消除一天的劳累，让他能于单调的劳作中细细品味着人生的乐趣。那年车祸受伤住院时，医生看管着，喝不了酒，那些天对他来说真是煎熬，伤还没好就吵着要出院，为的就是能回家喝酒。出院后按照我们订的规矩，每餐只喝一两，三天一斤。他常常笑着说：等我喝不得了，就要去见阎王了。

卯 篇

那次擂台赛，喝的就是古井酒。20年前，古井酒在我们这里几乎家喻户晓了。

　　而今，再也找不到当年激情澎湃时候的感觉了，年纪越大，胆子越小，好像这是规律。日子越来越好了，这么好的生活，每个人都想活得更好一些，对生命已经心存敬畏，不敢随性取乐了。但我常常怀念那些青葱岁月，怀念那次"喝酒擂台赛"，那是跃跃欲试的激情火花，是昂然前行勇往直前的洒脱，是团结协作的经典……

　　那偶尔一醉的回味，微醺之时飘然的感觉……而今依然如梦如幻。诗仙李白爱上宿松，与县令对酌河西山，留下"我醉欲眠卿且去，明朝有意抱琴来"的千古名句，让一千多年后的我们这帮小文人，常常寻迹膜拜，引以为豪。对酌亭、读书台，在醇厚的酒香中，继续上演着世人津津乐道的千古佳话。

2020 年

防盗门及其他

人类的日子越过越复杂了。

即使在 11 层，也得装防盗门窗。多年前的那个黑夜，深深刻印在我记忆里。小偷从邻居家的水管爬上 6 楼，在主人的鼾声中把手机钱包都偷走了。我后来常常想，那天晚上，如果他爬进了我家，怎么办？我素来处于半睡半醒状态，如果我听到了动静，我是不是会拿着床头柜里早就准备好的防身匕首，大喊"抓小偷"。

自行车放在楼道不到三个月就被偷了，女儿的新手机不到三天就被偷了。偷怕了，哪怕换成了 11 楼，我还得装防盗门窗，就为落得一个心安。

我家的防盗门，是深蓝色的。这种颜色少，找了很多家非品牌的，没有，只得买央视上榜品牌——××防盗门。

日常生活中，不少人相信算命和风水，我觉得倒也不是坏事，反倒可能会有一些积极的心理暗示，甚至启迪。年纪越大的人越发相信。

我最早对"玄学"感兴趣要追溯到 1990 年。30 年前，宿松二郎河那条老街，什么稀奇古怪的东西都能买到。偶尔买到两本线装发黄的《阳宅三要》《地理五诀》，如获至宝，后来干脆还弄到个木制的罗盘，着迷了似的，对着书本研究了大半年。

风水，这个名词，也就从那时起，盘踞在我的脑瓜里。将自己学的理论，对照熟悉人家的家宅琢磨印证，越发觉得书上说的不无道理。这样的书看多了，便渐渐悟出，风水学其实就是一种居住环境学，是建立在一定科学基础上的。只不过古人喜欢把它涂上神秘的色彩而已。

只是我这人最大的毛病，就是缺乏坚持。一股子热情过后，一大摞玄学方面的书很快就退居二线，躲进书柜的里侧。不然，现在20年过去，我也多一顶头衔了，或许会被民间尊称为"啥啥大师"的。

说句老实话，挑选深蓝色的防盗门，实则也有点讲究。一般人家都是深红色的门，我跑遍街市，找来找去，都找不到我要的深蓝色。便进了"××防盗门"专卖店——这个品牌天天在电视上做广告，不但好记，更重要的是名牌，保证品质。同店主商量，向厂家预定。

××防盗门，厚实，保险，名牌，价格不菲，2000多元。钥匙插进去，转两圈，咔哒——保险了。出门不管待多少天，你尽可以放心。虽然有开锁的工匠，但锁匠是需要到公安机关登记的。有了这样的防盗门，一般的盗贼便很难光顾，想打开这把锁，太费时了。

然而，门一旦复杂了，麻烦也随之而来。有天钥匙落在屋里，喊开锁的工匠跑一趟，起码是30元。一把便宜的弹子锁才3

元钱啊！

现在的人们越活越小心翼翼。住房越来越高档，大门自然也越来越高档。小区门口有门卫，顶上有摄像头，这还不够，还要单元门、防盗门、防盗窗、保险柜，有的甚至自家还安装了摄像头。单位大门有保安，进门要登记。

还是觉得不安全。或许还有人恨不得有个巨大的保险柜，把自己和属于自己的东西全装进里面。

防盗门防的是小偷。小偷是不守规矩的人，把他人的东西，通过不正当手段据为己有。物质分配的不均衡，才会出现"防"和"偷"。

深夜，我们时常能看到拾荒者，他们很多人是从农村走进城市，他们没有那么多的家业，他们只需要背着袋子，或拉着板车，在立交桥底，楼檐下，小区的门洞里，他们照样打呼噜，照样喝啤酒。他们几乎一无所有，"家"就那么随身带着，他们无需防盗门窗。

一个"防"字，将自心与外界隔开。心中缺乏安全感，便时时持以戒备之心。换句话说，时时戒备者，是心里想得太多，手里占有太多。

人，一旦没有安全感，总想防着别的人，顾虑多，那活得多累啊！

"画地为牢""路不拾遗""夜不闭户"……这些都是古人流传下来的典故。祖先的美德，守法守信，犹如长河里的鹅卵石，经历几千年风雨的冲刷，到今天，我们捡拾在手上，欣赏、膜拜、继承的越来越少了。防盗门防盗窗、保安门卫的普及可见一斑。

　　我常常想，如果一个人从小住在这样的环境，从小言行举止就小心翼翼，谨小慎微，耳濡目染，那他长大了会变成什么性格呢？

2012 年

简单的日子

　　出门三件事：手机、钥匙、钱。

　　这是我在酒桌上听见的笑话。仔细想来，这话确实很有道理。现代社会，一切以方便、快捷、高效为准则。每天上班，只需记得带好手机钥匙钱就够了，即使一时有任务出远差，来不及回家带洗漱用品，口袋里只要有手机钥匙钱，走遍天下都不怕。手机，是同外界联系的工具；钥匙，是回家的工具；钱，是在外生存的工具。有了这三样工具，什么都不在话下。

　　现代社会的高效首先是围绕"吃"来改善。过去用土炉土灶，烧柴禾烧稻草，灶上一人拿锅铲，灶下一人塞柴火。我们高中时候，学校食堂总是烧糠壳，一个大烟囱穿过屋顶，一日三餐青烟袅袅。后来烧煤炉子，每天用松毛树枝引火，熏得人直淌眼泪，稍有不慎，还会煤气中毒，很是麻烦。再后来，电饭煲、煤气灶、电磁灶、微波炉、电煨煲、豆浆机……一齐进入寻常百姓家。一边洗菜洗衣一边烧饭，不但节省了时间，还轻松愉快，干净整洁。开关一扭，蓝色的火焰快乐地跳跃。一餐饭要不了一个小时。晚上把一块骨头和几段山药放进电煨煲，调好开关，尽可以放心去睡。早上醒来，从容地洗漱完，便可品尝鲜美的排骨山药汤，吃块面包或蛋糕，精神抖擞地去上班。——这些可爱的灶呀煲呀，解放了多少人？为我们节省了多少时间？

高效更体现在行上。从步行到骑车，从赶牛车马车拉花车推板车，到拖拉机大卡车轮船火车飞机，现在又有了动车。过去秀才举人赶考，有条件的带着书童挑着行李，包袱里裹着沉重的盘缠，提前一个多月出发，跋涉千山万水，赶赴京城。现在，我们在家吃了午饭，睡个午觉，打个出租到飞机场，蓝天上溜一溜，就像孙猴子踏着彩云一样，晚上就可以在北京的王府井逛街。有的人，配偶在北京，自己在上海工作，每个星期飞回北京与家人团聚。真是方便自如。空间，已不是婚姻爱情的障碍。

我是个急性子的人，喜欢这样的方便快捷。

手机，是个特好的东西。它确实改变了我们的生活。现代社会离开了手机还真不行。回老家去，事先打了几次电话，没人接，可能是电话坏了。直接去，到了家，门锁着，公婆都不在家。问邻居，说是外出了。是到地里去了还是打牌去了，到哪去找呢？老人没有用手机。想给老人配手机，又担心他们不识字，用不来。

现在的手机，已经更新了好几代。早先最老式的用起来很简单，现在什么触屏的，智能的，这些多功能的，反而越来越复杂。没有一定的知识，是用不来的。没有富裕的时间，许多的功能也是白摆设。我就只喜欢简单的手机，能打能接，能发个信息，查个日子，打个闹钟，计算什么加减乘除这几样，就足够了。上网查阅，看不清楚；上网转账，怕不安全；或者听歌，太时髦了；用来摄影，发微博，似乎更没时间和心情。

有天我需要查询，拨打 10086，幸好我还能记住这个查询号码。标准的女生普通话回答：欢迎致电中国移动，普通话服务请按 1……

我是触屏的，刚换的手机，接通过程的同时，不知道键盘在哪里，半天弄不来。后来只好改用固定电话打，同样的女声，按照指点，我按 1，然后她又说：为本地移动号码办理业务请按 1，咨询本地移动业务请按 2，人工服务请按 0。我再次按照她的指点，按了 2。接下来，她又说已通过短信发送到手机。但是，我是用座机打的，那她发给谁的手机了呢？

——白忙乎半天。

去医院看病，越是大医院越复杂。找到门诊一楼，排队挂号买卡，挂号人员说，你得预存 200 元到卡上，那好，只得预存。排队，乖乖！排到了 200 多号，去打听，得等到下午。只好自己改变一下日程安排。下午再去。医生望闻问切查，终于看完，拍个片子，开了 30 多元的眼药。剩下的钱得退回来。又去排队。可是，等到排到自己的时候，窗门一关，下班了。早知如此，还不如掏 10 元钱，自己去药店买呢！

原本以为汽车很方便，油门一加，飚起来，几公里立马就到了。从 305 医院出发，堂弟送我到火车站，却在苹果树一带被堵，几分钟蹭几米，停一停，又是几分钟蹭几步，一个小时后，居然还在原路上。看表，急了，再这样下去，就会误了车。开回去得了，坐地铁恐怕还来得及。绕小路到原地，改乘地铁，转车时，抓着行李就跑，跑得满头大汗，等到我气喘吁吁赶到候车室，屏幕上显示，已经停止检票！

好一阵懊恼！高峰期，票十分紧张，只好改乘站票。买个小马扎，挤在过道上，受了一夜的罪。一夜都在后悔，没有直接乘地铁。

记得《红楼梦》里贾府里有道菜，是烧茄子。用了 30 多道工序才做成。刘姥姥说，一点茄子味都没有。

吃得那么复杂，塞进嘴里就没有了。论营养，不也就那么多么？我放在饭上蒸的茄子就挺好。

真正熬了荤腥的人，吃红烧肉才过瘾。放点盐就够了，哪要什么其他调料？真正饿了的人，山芋就能充饥，哪里需要山珍海味？

其实，简单的生活，才会受到大众的欢迎。越简单，越快捷，越高效，越好！

2013 年

物之累

早上起来，喜欢对着鱼缸看半天，看鱼儿上下游弋、追逐水泡、时而停顿、时而迅疾、时而聚拢、时而分散、时而排队、时而乱飞。用手掌贴于玻璃外，鱼儿们全都涌来，小嘴噏噏，尾鳍摆个不停，晶亮的眼珠温柔地看着我，像绿草地上，一群佩戴红领巾的孩子围着穿长裙的女教师。我知道，它们已经对我很熟悉了，或许把我当成了老师、同伴、亲人甚至母亲。它们想亲近我，我更想亲近它们，把手伸进水中，鱼儿们便游弋过来，围拢我的手，吻着我的手。我试着动一动，它们也不离开，依然噏着，仿佛偎依着它们的父母。我想捧一条鱼儿出来看看，手掌侧转，一握，却见原本安静的鱼圈，瞬间闪开，身手敏捷得令人称奇。鱼儿是离不开水的，我这个玩笑不能乱开，弄坏了这些可爱的小家伙，后悔就晚了。便作罢，去侍弄花草。

那几盆吊兰，放在飘窗上、电视机矮柜上，或许是因为上次回老家，浇水过多，关门闭户，害得它没有风吹，没有新鲜空气，这么高温的天气，闷得受不了，奄奄一息，叶子黄了，轻轻一扯，居然连根拔出，死了好几棵呢。这是近年市场上出现的大叶吊兰，新品种，放在飘窗上，新绿茂密，一屋子都是它营造出来的生机。一阵潮湿与热闷，把本来茂密的吊兰，折磨得瘦骨嶙峋，仿佛大病之后的妇人，叫人心生痛惜与怜悯。另一盆玉树，却完全垮于盆沿，手一动，便断了一枝，再一动，又断了一枝，淡青色的叶片零零落落，洒了一地……我大惊失色，这原本长得青翠茂盛的枝桠，怎么才几天工夫，就全烂了！我可怜的吊兰！我可怜的玉树！都是水害的。

沙漠里常年缺水，盼望水。对生命来说，水永远是好东西，水是生命之源。但任何东西，都有"度"，物极必反。中国古代的哲学，一向推崇"中庸之道"，阴阳五行，讲究的就是两个字——平衡。阳光多了，会热死；阳光少了，会冻死。水多了，会淹死；水没了，会渴死。这个人人都懂的最普遍的哲学，在实际生活中，我们却常常避免不了犯错误。

花儿，养了十几盆。枯萎了，再不见少女时的伤物伤情。心房一如变老的岁月，渐渐粗糙，心中丝丝的不快，瞬间也便逝去。下班路上或傍晚散步时分，顺路拐进沿江路上的花店，掏出几十元，便能掇回几盆，鲜活茂盛，补放在原来的位置。

鱼儿，养了11条。一直觉得很值。不脏，不麻烦，不像阿猫阿狗。室内有水轻流，空气便随之流动。水中设有净化器。水净，空气也净。丝丝的流水声，让心也会静起来。一家三口，分居三地，聚少离多。形单影只，房子空落落的，感谢这些花这些鱼，总是给我的生命注满活力。

有花草，有鱼儿，这样的居室自然不能太脏乱，否则就不伦不类，不般配。早上五六点醒来，揉揉眼睛，点点眼药水，活动几下腿脚，翻身起床，就得擦桌子拖地，木地板还得用半干的毛巾，蹲在地上抹。这样弄半个小时，便一身汗水，又得洗脸洗衣。匆匆赶去上班。女儿回来了，长发时常落在白色的瓷砖上，十分显眼，看不过去，抽一两张餐巾纸，蹲在地上，四下抄拢，才能弄干净。老公烟龄有三四十年，烟灰被风吹散，落得四处都是，又得一点一滴用潮湿的毛巾抹掉。

忽然有一天，一条银色的小鱼儿迟钝起来，避开鱼群，沉到水底，尾鳍也不动。是在睡觉么？仔细观察半天。它很萎靡，不见酣睡的闲适，有条小黑鱼调皮，跟在它身后，朝它的尾鳍追咬，它被动地轻轻躲开，无力的样子。下午便肚皮朝上，其他的鱼儿远远地躲着它。死了？我惊讶起来。这鱼儿怎么会死呢？用网兜把它捞出来，翻翻它的肚皮，看不出名堂，上网查了半天，也弄不清是啥子病。算了吧，这个大热天，得及时丢到楼下的垃圾箱里去。还得用个方便袋系紧，免得腐败，臭气熏天。换鞋子，乘电梯。倒霉，碰上电梯坏了，还得从 11 层走下去，再走上来。改天还得去金鱼店买回一条补上。

隔两天又死一条，还是银色的。再隔两天又死了一条，还是银色的。4 条银色的，全死了。那么鲜活的生命，一两天内就完了。也不知道有没有鱼的医院。鱼毕竟是动物，是一条生命。我很茫然，也很伤感。死了 8 条！每少一条，就得跑去鱼店，买回一条补进去。仔细琢磨鱼的病因，多方打听鱼的治疗，还找店家要回一瓶药水，全部倒进鱼缸。

每天就这么着，也不需要去体育馆打球，也不需要去滨江公园走路了。人渐渐变得琐碎起来，庸碌起来，懒散起来，与世隔绝起来。偶尔细细思量，心头也有丝丝的惆怅，像江边的柳树，枝条摇曳着躁动而伤感的蝉声。鲁迅先生说过：生活不能太安逸了，太安逸，工作就会被生活拖累。这话是真理，一点不错啊！

2013 年

生命与生命的对话

　　小孤山脚下的洲地上，浩瀚的江水不见踪影，只有一条被主人遗弃的小木船，孤零零地搁浅在那块开了菜花的洲地上，让人想到它曾经迎长风战恶浪的岁月，而今完成了它的使命，便被搁浅、被遗弃……旁边有棵很小的树，发了芽的枝干尽管细细小小，但在旷野里显得分外突兀，倔强。洪水没有了，对小船来说，它的生命也就终止了。洪水没有了，而泥土自然便坚硬起来，小树便有了发芽生根成长的土壤……

　　生命就这样在搁浅与成长、枯萎与蓬勃的对比里，坚硬地对话。

　　这是岳西县文联原主席方跃一幅摄影作品里的画面。

　　这幅照片单看并不起眼，但这个标题，却令人眼前一亮，提升了读者的认知空间和想象的高度。我很喜欢。

　　其实，个体的生命张力都很有限。就如小孤山，千百年来，它一直很小很孤，是根本没法去跟周边的黄山庐山九华山天柱山媲美的。亿万年的江水滚滚东流，水道在潜移默化中更改，洲地的地盘在逐渐膨胀，这更衬托了小孤山的"孤"与"小"。但这

164

"山"依然别具一格，兀自立于水边。倘若是一个人，那一定是个"安庆男人"，他不会去跟别人攀比，而喜欢独自守着这滚滚江水、江鸥和落日，淡然地迎接偶尔来拜谒的香客和游客。

而它却曾被文人们标榜为"中流砥柱"，出现在无数香客和游人的想象里。那种砥柱中流的气魄，而今也随着葛洲坝的横截江流而成为渐行渐远的记忆。这艘搁浅在岁月烟波里的小船便是那种记忆的小小见证。

小孤山上游大约30里的地方，有个内河水码头叫坝头，几十年前这里仍然很繁华，商贾云集。而今的坝头老街，依然满眼的青黛色，青石板小路，青石板台阶一直延河岸伸进水里，青砖砌成的老屋，潮湿的泥巴地，一个老妪在门口晒着春日的暖阳。在这条街上度过童年和少年的孙中球先生说，那个老人便是当年一位远征军的遗孀，云南的姑娘。那几所矮矮的青砖土房，曾经走出过两个黄埔五期毕业生，共产党的高级干部，以及坝头小学、宿松中学、安徽大学的创始人。

我曾专程去坝头考察过，那是一个在新时代里没落的小码头。当水运被汽运替代了后，这些曾经繁华的水边小镇必然如明日黄花，像那个搁浅的小船一样，只能将生命中辉煌的故事储存进漫无边际的回忆……

所有个体的生命总是这样被历史的尘土掩埋，无论我们感叹也好，漠视也罢。

我老公的老家也住在小孤山的上游。100多年前，老公的爷爷在堤坝外的水边，靠着肩挑背驮筑起一方土墩，搭起了茅草棚，栽种一圈杨树和桑树，这个外来逃荒的人像其他慕名而来的人一样，就此生根发芽。他们临水而居，靠水吃水。这片肥沃的土地以它的博大胸怀，养育着众多趋之若鹜的外来逃荒者。他们勤劳，他们聪慧，他们逐渐发家致富，几十年过去，而他们不甘于沉寂的子孙却又次第飞走，留下的大多是老弱妇孺。

而今，随着大江的禁捕、生态保护，随着美丽乡村建设国策的大力推进，乡村不仅又热闹起来了，且更加美好更加让人留恋了。

"天地无终极，人命若朝霞。"生命总在遵循它的规律自然更新着。生命与生命的对话，只篆刻在一些哲学家思想家的世界里。而我们大多数的凡夫俗子，只要简单安逸快乐，就足矣。

2015 年

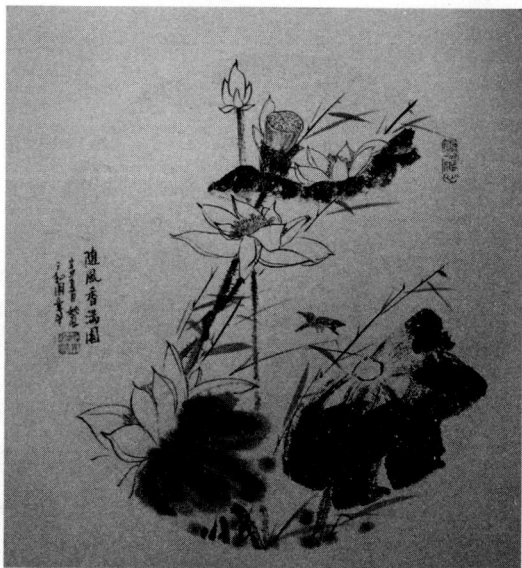

生命就这样在搁浅与成长、枯萎与蓬勃的对比里，坚硬地对话。

"天地无终极，人命若朝霞"。生命总在遵循它的规律自然更新着。生命与生命的对话，只篆刻在一些哲学家思想家的世界里。而我们大多数的凡夫俗子，只要简单安逸快乐，就足矣。

有一种车叫"理念"

拥有一辆自己的小车，一直是我的梦想。

我是个急性子，做起事来最怕浪费时间。也是个喜欢挑战自我的人，越是怕什么就越要征服什么。

我调到安庆后，两地奔波，常常搭顺风车。坐在别人开的车里，小青年们总爱炫耀自己的车技，140 码常常让我感到小命被他们捏在手里，随意地倒腾着颠簸着。心一直像吊在树梢，一路忐忑晃荡。

曾经怕水。站在古井边，望着水底莫测的白云和幻境，全身的毛孔、心脏都会紧缩起来。车过长江大桥，下意识地想着，桥如果忽然断了，人同车一起落进急流之中，即使打破车窗钻出来，但不会游泳，也只能听天由命了，做虾兵蟹将们的美餐。

常常无端地这样想象着，就在这种反复的想象中，失眠越来越严重。我不想听天由命，不想小命被别人捏在手里，唯一的对策就是，自己学会游泳，学会驾驶。

30 多岁还跑去池塘里学游泳，央求老公教我。他是个游泳高手，生长在长江边的农家孩子，从小就在长江里劈波斩浪，畅游大江。但他却不是一个好教练。刚学了几招手脚怎么使唤，我就懒得要他带，自己迫不及待天天跑去练习。酷夏的傍晚，我骑着摩托，带着女儿一起去城门冲水库。有一次我游到水中央的浅墩上站定，鼓励女儿跟过来。那时女儿还只会仰泳，眼睛向着天，看不见路线，偏离了游向，径直往深水处冲去。我焦急地大叫着。大约是听出了我声音里的焦急，不远处有个男人便往我这边游来……至今一想起来仍心有余悸，因为那个水库，每年都会淹死人的。

双休日或者晚上，偶尔乏味起来，我最喜欢在电脑上玩赛车。一路扫清障碍，超速，超速，很叫人过瘾。只是稍不留神，"砰"的一声，车便没了。真实的车手倒无伤亡，只是一再的失败，令人感到沮丧。反应如此迟钝，我还学得会开车吗？

我没想到，真实的车子反倒比游戏里的车子好开。自动挡，智障者都能跑上路。

我的这款广州本田系列"理念S1"，银灰色流线型外观、导航、自动挡、真皮座椅。秀美而不失大气，实用而舒适，节能而便宜。是我们工薪族最理想的代步工具。

老公是不同意我学驾驶的。我曾经偷偷去学，上午上班，午饭后匆匆赶去驾校，好在也不是太笨，驾照很轻易就拿到手了。老公更不赞成我买车，说：你这个人毛糙，平时听人说话都容易走神，路上一走神，麻烦就大了。

小区门前的小车越来越多，仿佛是从土地里钻出的各色乌龟，到晚上，连大门口都堵起来了。大多是个性化的牌照，表明这都是私家车。闪亮的外表，让人艳羡不已。

冬天来了，寒风冷雨拍打着我们的脸颊。日脚也越发短了。

与老公分处 280 里地的两端，总是我两地奔波，无论是搭客车，还是联系便车，几十次几百次，不但别人厌烦了，连我自己都已经厌倦了。寒冷的晚上，老公在电话里问，暖鞋放在哪了？羽绒服在哪个柜子里？这个一心扑在工作上的男人，家里的一切琐屑总是丢给我，每次回去，一水池吃过的锅碗散乱堆放着，等着我去清洗。几个水瓶里都是凉水。

买车——成为一种必然。不是为自己，而是为家，为工作。工作，是职责，是赖以生存的手段；家庭的温馨，却是我前行的动力。我先斩后奏，老公无可奈何，只能放一挂长长的鞭炮，迎接我的新车——理念 S1。

理念——理念，确实是一种新的消费观念。不仅自己的工作观念要跟上时代，自己的消费观念也要跟上时代才行。

人，不能老局囿在一个小小的圈子里。有了车子，便缩小了空间，缩短了时间，提高了工作效率。感谢理念——从今往后，跟我一起，用心构筑着我温馨的家。

坐在驾驶座上，无论寒暑，无论雨雪，我不再畏缩，不再恐惧，我会心无旁骛，凝视着远方，遵章守法，将面前的路走好。

2012 年

作家的“口”

这几年，我很少写文章。原因就在于写得不仅无用，还担心惹气受。老话说：祸从口出。一点不错。一个作家的口，就是见诸于报刊的文字。

人人都爱听“赞歌”。但是，如果是有点思想的人，就一定知道，如果光是唱赞歌，社会就没有进步，工作就难以完善。任何东西，都不会十全十美。这是客观规律。既然没有完美，就得指正。作家有时是充当了啄木鸟的角色。生了虫的树，倘若任凭虫子躲在树皮里，昼夜不停地蛀着，不空心才怪呢！风一吹，雨一淋，雷霆震怒，大树倒了，叹息晚了。

我的文章，无论大的小的，无论长的短的，无论是散文还是小说，总是有人喜欢对号入座。这叫我很苦恼。我老公常常埋怨：别人写东西，总叫人欢欢喜喜，还有人请吃请喝，你写什么鬼东西，老惹麻烦。

倘若是新闻报道，有人对号入座，骂我攻击我，我无话可说。可对于“杂文”或者“小说”，有人对号入座，我唯有啼笑皆非。我只能说：他要么是外行，要么是心虚。

　　说外行，是不懂文学艺术的特点。鲁迅早就说过：对人物形象的塑造，杂取种种，合成一个。杂文更不仅仅是就事论事，要阐发开来。说心虚，是他自己尚有一点"自知之明"。如果仅此而已，还说明我的文章有一点效果。能给"和谐社会"当一次扫把，扫掉一点污垢。我心足矣！

　　"对号入座"最怕的是碰上两种人。一种是当权者，一种是无赖。

　　当权者还好说，位高权重者，往往有宽宏的度量，俗话说："宰相肚里好撑船"。得人心者得天下。唐太宗李世民就是最典型的例子。他网罗天下英雄，征战南北。却功高震兄，招惹杀身之祸。之后反而被推上了龙椅，成就中国历史上最有名的"贞观之治"。而后，用旧臣，广纳谏。太子旧臣魏征成了他的"镜子"，尽心辅佐，因此而成就了盛世君臣的永世贤名。

　　至于"无赖"，就是像蚂蟥那样，抑或是疯狗那样，叮着你的血肉，或对着你追咬。谁碰见了都绕着走，不小心招惹上了，那就该倒霉。

　　人生是短暂的，没有谁不想过得轻松愉快，活得心地坦然。行得正走得直的人，半夜过坟茔，鬼都退避三舍。孔子云，立言最难。所以，做个文人，如果抛开个人的一切得失，还怕什么！

2013 年

　　人生是短暂的，没有谁不想过得轻松愉快，活得心地坦然。行得正走得直的人，半夜过坟茔，鬼都退避三舍。孔子云，立言最难。所以，做个文人，如果抛开个人的一切得失，还怕什么！

解读老城之"老"

老城之所以能冠之以"老",不仅仅在其成城的年代久远,更在于她有无数土生土长的"老牌"。就像一个百岁老妪,任何人都能从她沟壑纵横的脸上读出岁月的沧桑。像安庆这座老城,大街小巷里,经常能看到"百年老字号"的牌匾,受到保护的青砖瓦房和残缺的城墙,古色古香的中医诊所,藏在小巷深处的老中医,研究"老城文化"的专家学者。

常常见到晨曦中夜色下,广场上公园里,摩肩接踵的人们在轻松休闲,下棋、散步、打球、钓鱼、翩翩起舞的,款款闲逛的……老城里,人们尽情地享受着"和谐社会"的舒适和"老城"生活的安逸。

这些年,待在安庆,我也像安庆的许多市民一样,对自身的关注多了起来。不仅开始讲究点吃穿住行,还开始关注养生之道了。这没什么不好。人年轻时,目光大多凝聚于"外在的东西",犹如小鸟,头总是伸向鸟窝的外面,向往着陌生的蓝天白云,一刻不停地吱吱欢叫。而一旦飞倦了,见多了,就喜欢找根安静的树枝,收起翅膀,蜷缩起自己的头颅,淡然地打量周遭的一切,眼前的花草树木,在眼里就不再是"风景"了,而只是像自身一样，努力生存着的一种物种而已。与外界万物，尽量做到相安，则万事大吉。我想，这在环境学里，应该叫"生态平衡"；在政治社会中，就叫"和谐社会"吧。

我也被"老城"同化了。同化，是个中性词。一段时间来，我恨我的被同化，觉得这样下去会丧失进取心，枉费了两地奔波之劳苦。耳闻目睹着地球上人与人之间、各种物种之间的争斗与进化，便觉得自甘落后是很危险的心态。假如人人如此，长此以往，社会就难以进步，人类就难以在地球上生存。

我这人兴趣广泛，各行各业都有不少朋友。自然，这些朋友中，有活得有滋有味、很善于打理自己和自家小日子的。在单位天天有吃请，在家里餐餐不脱荤腥，穿得精致，衣服熨帖，皮鞋锃亮。男人早起半小时打球，晚上一个时辰健身；女人跳跳广场舞，网上购物，闲时打牌，有空还做做美容。

有的却很不会"精打细算"，本来好好的，却渐渐把自家弄得一塌糊涂。他们关注社会，热衷公益，干自己喜欢干的事，有的喜欢高谈阔论，甚至无视家里的病人，或者把一个好好的家弄得妻离子散。可他们却很执拗，把自己的追求坚称为"理想"。这样的朋友，总是引起我们茶余饭后一阵唏嘘。

十几年来，我常常思索着一个十分简单的命题——"生活与事业到底谁更重要"？本来这是个极其平常的道理，但我们就是有许多时候没有搞清楚，包括我本人。

大凡喜欢关注外界的人，是那种跟"老"字保持着距离的。他们对生活上很马虎，衣食住行都不图"享受"，而是重在"方便快捷"，他们有颗不安分的心，总想着人生一世草木一秋，活着就要干一番事业，要实现自己的人生价值，他们喜欢做些别人还没做的事，尽管这些事或许别的地方早就有人做了，但在文化底蕴深厚、生活习惯固定的"老城"，这种事必定被认为是"多此一举"，这样的言行往往就被认定为出格，势必不受欢迎，甚至成为"老"人们攻讦的口实。正应了古人的那句话"行高于人，众必非之"。这种人如果碰上赏识他的上司，对他做些支持和引导，他肯定能发挥出很大的热能，否则，早晚得被冷冻起来，成为一个"另类"。

"老"，是一部厚重的史书，是一首长长的乐府诗，是一尊汉代的青铜鼎，是一地明朝的青瓷碎片……

"老"，让我们多了许多固有的思维方式，让我们多了不少因循守旧的规矩，让我们多了很多安之若素的办事风格，让我们小富即安，让我们得过且过，让我们失却青春的激情和梦想……

史书也得添加后续，史诗也得再作新篇，汉代的青铜鼎只能供奉在博物馆里，明朝的青瓷最好不要用来盛今天的汉堡和海鲜。

我们的日子不能总是沉浸在"老"的色调里，灰色调多了，冬天过久了，没有谁不盼望春天的嫩绿，葳蕤四野。

2015 年

捡石之乐

现在这个时代，"病从口入"得改成"病从坐入"。在办公室里坐着用电脑，出门坐车子，在家里坐着看电视，在茶座坐着品茶聊天，做文案的人更是从早坐到晚。硬的板凳坐得不舒服，还得垫上软垫子，或皮沙发布沙发……久而久之，腰椎出问题了，眼睛出问题了，颈椎出问题了……

以前总觉得看书是人生的最大乐趣，读书能使人高雅并智慧。但现今这个数字化时代，出现许多悖论，令人困惑。若论挣钱，作家不如"写手"；若论吃香，博士不如"老板"。所以，现在看来，书是定然不能多读了。在书堆里呆的时日久了，目不见绿叶和红花，手不触流水和黄土，耳不闻方言和俚俗，不但会不谙世事，而且会越来越自以为是。久而久之，朋友们都如鸥雁，远飞或四散。

这自然不好。那就寻找点另外的乐趣。

闲暇时，被几个女友拉去安庆西郊的茅岭，捡黄蜡石。这是以往未曾体验的户外运动。第一次很勉强，很乏味。因为对石头不感兴趣，权当是外出踏青活动筋骨。站在被挖机开发出的旷野里，遍地石头，谁是宝石？捡谁？我却无从下手。那就只好挑喜欢的捡。女友捡了几块花纹型的，奇形怪状的，我很不屑，觉得那算什么啊，还没有我的石头好看呢。女友说，这是玛瑙，石头以"奇""丑"为美。这种审美我自然赞同，但我就是难以发现这样的石头，就像在熙来攘往的王府井大街上，谁是玛瑙？谁是黄蜡？我睁大眼睛，依然"相逢对面不相识"。烦了累了，便歇下来，坐在一片石头上，清晞活喊女伴来鉴定我捡的。一大堆石头，被她看一个，丢一个，看一个，丢一个。我越来越泄气了：怎么我捡了这么多，一个宝石都没有吗？真难捡，没意思。这里可能是被人都捡光了。女伴直起腰身时，却一眼盯着我坐的地方：哎，这就是块蜡石呀！

一块黄蜡石，而且是很纯正的黄蜡，就在我的身边。

女友说：你得静下心来，仔细寻找。鱼过千千网，网网都有鱼。

我的心弦被重重地敲动了一下。我只知道把眼光泛泛地看着远方，自然发现不了身边的蜡石。

不是没有，只是缺少发现的眼光。深埋在地底下的宝石，有朝一日偶尔被发掘出来，依然被泥土或灰尘包裹，如果没有雨水的冲刷，没有善于发现的慧眼，它还得继续被埋没。我得对眼前这片黄土地重新审视，不仅要换个角度和方式，更要擦亮自己的眼睛。其实，有石的地方就有宝石和奇石。

黄蜡石又名黄龙玉，因石表层内蜡状质感色感而得名。手感温润细腻，色泽油亮。黄蜡石含有锌、铁、镁、钼、硒、铬、锰等多种对人身体有益的微量元素。如锌元素可以激活胰岛素，调节能量代谢，维护人体的免疫功能，促进儿童智力发育，具有抗癌、防畸、防衰老等作用。还能改善微循环系统，活化细胞组织，调节经络气血，加快人体血液循环，保证各部位、各器官更协调、更精确地运转，达到稳定情绪、平衡生理机能、增强快速反应、提高人体免疫功能的作用。

几个女友很是把黄蜡石吹嘘了一通。我半信半疑，上网查阅。不看不知道，一看吓一跳。谁能想到，平时没入眼的"石头"，居然蕴含着无比丰富、久远的知识和学问。一块奇石或宝石的成型，不知要经历多久的磨砺！茅岭的蜡石可能是2亿至4亿年前形成的。而今的开发，再加上行家的眼光，才得以让它见天日，才得以让它为世人奉献它的美丽。

好事就该多做。我又跟着她们去西郊捡了几次。一次比一次有收获。有次居然捡了块红色的。表面很油亮，一看就知道是好东西，但到底是什么，我这个幼儿园水平，当时并不知道。拿到江边的"子石轩""怡雅轩"鉴定，跑了两个店铺，老板都说"好"，是罕见的红玛瑙！我大喜过望。这个晚上，石头给我带来的兴奋更加重了我的失眠。但那是一种愉悦的失眠，收获的快乐是以往写文章无法体会到的。

这块红玛瑙将我的兴趣高度开发出来，我开始沉迷于捡石头，乐此不疲。每次捡回来，细细地洗净，再一一擦干，放在一块白色的老布上，用钻子将缝隙和洞眼里的泥砂挑出，洗净双手，给石头涂上凡士林，放在手里一遍又一遍地摸着，摸着，摸了一块又换一块，舒服，快乐。练了手，乐了心。丢几块在沙发上，放几块在床头柜，包里装几块，枕下压两块，写字台上搁一块……看书、看电脑、看电视，总是用眼，现在可以不让手闲着。练手，很重要。现在社会，衣来伸手的人太多了，手的功能一旦退化，大脑可能就更容易出现问题。

捡石头，让我在这个多雨的季节快乐而鲜亮起来。

2014 年

雪崩的遐思

一

高寒地带的喜马拉雅山顶，终年积雪。而雪崩造成了多少悲剧，我们无法去统计。如果一味地躲避雪崩，那我们永远看不到峰巅的风景；如果总是害怕难以预料的灾难，那我们永远品尝不到攀登的乐趣。

勇士的选择，便是认识雪崩，了解雪崩，避免雪崩，绕开雪崩。因为，勇士总想着要去攀登，要去战胜，要登上峰顶，体会"一览众山小"的人生大境。

二

今年的春节，我们被小小的病毒囚禁在斗室里。这次的新冠肺炎传染力超乎寻常，形势异常严峻。但全中国近 14 亿人，除了宅在家里、出门需要戴口罩外，到今天为止，我们依然吃得好、睡得好、水不停、电不停、宽带未断、电视照常看，生活物资一样不缺，学校网上教学，高铁动车飞机照常运转，职工照常上班，领导照常部署、督查……捐款、驰援、包片……所有的都在有条不紊地进行。

可以说，这在其他任何国家都做不到。当今世界，唯有我中国能自上而下，一呼百应。这是一种什么力量？这就是凝聚力！这是我们社会制度的优越，是中国共产党党性的优越！

就如积雪，只有紧紧地互相依靠得越密、越实，经历着亿万年风雨磨砺得越悠久、越酷寒，才能成为坚冰，才有凝聚力，才坚不可摧，才不会发生雪崩，不会造成灾难。

2020 年

第三辑

杂

谭

SHUQIANGU

书　千　古

　　虽然我们比不上孙大圣，在太空中行走自如，但让心灵翱翔在天空，则是每一个人都能做到的。

书千古

——著名书法家冯仲华印象

　　想到这个题目时，是在 2019 年元旦后的一天，安庆市逸泉湾小区冯仲华先生的工作室里。室外寒风料峭，初雪未融，室内温暖如春，墨香四溢。这是 17 层的复式楼顶层，隔着落地窗的玻璃，王阿姨兴致勃勃指着露台上开放的几盆黄梅，向我们介绍着。冯老一直端坐在他宽大而拥挤的书桌前，在写字的间隙里，偶尔回答着我们的提问。

　　光阴如白驹过隙，一晃 50 余年过去了。无论是在教坛上还是在书案前，抑或是外出游历、与友人切磋书艺谈古论今之中，冯老的成果、故事以及艺坛佳话自然浩如烟海，我们无法在此短小的篇幅里窥见全豹，只能撷取几朵小小的梅花，于严冬里献一瓣芳馨于读者诸君的眼前。

　　冯仲华先生是安庆人，中学毕业考取南京师范学院中文系。大学期间，师从沈子善、唐圭章、徐复、孙望等国学大师。1961 年大学毕业后，便分配在南京八中，从事教书育人的工作。不久，与胡小石、傅抱石、黄七五等书画名宿成立全国首家书法印章研究会——江苏省书法印章研究会，成为首批会员。客居南京 20 余载。这一期间，先生研习诗文，勤耕砚田，先后得到沈子善、林散之两位大师的亲授，终有所悟，取得师法。

冯仲华先生一生钟爱国粹——诗词、书法，每日持之以恒，坚持日课，临池不辍。在书法艺术的美学追求与书艺表现上，致力于承传经典和创新突破。冯先生用墨自然、随性、鲜活，水墨相融，用水如用墨，在整幅作品的表述上浑然一体，化境朴茂。这得益冯先生几十年来秉持与继承的传统功夫，也是他成熟书艺的表述，是高超的技法与技巧所在，是空灵的意境、儒雅淳淡、潇洒俊逸的字格所在。

与林散之先生的相识要追溯到 1963 年。那年，"江苏省书法印章研究会"在江苏美术馆举办"苏州四家蒋吟秋、祝嘉、张寒月、蔡瑾士书法篆刻展"，展览期间，冯仲华结缘林散之先生，从此与林家子孙续写着世纪佳话。

1976 年林散之先生 80 大寿辰，众学生为恩师举宴六华春饭店。先生与众徒先游湖再乘船前往。林散之先生与众爱徒在玄武湖中的合影（中排左 2 为冯仲华，左 3 为林散之）。

冯仲华得林散之真传，一生仰师德怀师恩。1984 年日本书坛巨擘青山杉雨专程拜访林散之，认为"草圣遗法在此翁"。此后，"草圣"之称便在书法界传播开来。2016 年，冯仲华为了纪念这一重大史实，遂书"当代草圣"。

1978 年春，眷恋故土，桑梓情深的仲华先生依依不舍地离开南京，惜别师友调回安庆工作，就职于安徽黄梅戏学校继续任教。后任常务副校长，一面执教，一面从事教学与行政管理工作。安庆市书法家协会成立时当选为书协主席，又挑起了传承发展安庆书法事业的重担。

冯老一生耕耘于艺坛，不逐名利得失，远离浮躁世俗，静守书斋，潜心学问，读书作诗写字，耐得住寂寞。先生坚持日课，每天早 9 时始，几十年寒暑无间，笔耕不辍，魏碑墓志，秦篆汉隶，晋唐法帖，历代名家，常写常新。这在当今时代，是多么难能可贵。他常常说："作文写字不是作名利，应是写千古。"

写千古——这三个字，字字千钧，荡涤心灵的一切浮尘，令人肃然起敬。

2009 年 3 月 19 日，冯老赴马鞍山采石矶吊唁先师林散之。林散之艺术馆馆长查亚凝接待了冯老。在查馆长的印象里，冯老眉宇神态间总有一种清平明朗的气象，他的谦和与平易不是一种装饰，是气质的自然流露，虽然衣着朴素，却散发熠熠神采。冯老谈吐间才情灵动、神思敏捷、风骨沉敛，处处显示出其丰富练达的旷世阅历和丰赡醇厚的学识素养。令人如赏元明书画，气息高古。

冯老的行草以二王为宗，尤得利于孙过庭《书谱》笔墨蕴藉，韵致翩然。

先生篆书多功课，面世少。其隶书出于《礼器碑》《张迁碑》

《石门颂》，之间凝重俊逸。

冯老认为：为学，要多读书，勤做课，要淡名利，甘寂寞，还要广采博取，厚积薄发。这是先生所提倡也是他自己的为学精神。对于时下书坛浮躁之风，先生在同道挚友间，亦时有直言论及：现在书坛有些有相当名气的人，其实不读书，不做课，还好标榜自己，这是不可取的。真写字、真追求书法艺术的人要多读书增加学养，学养积累得深了，字才能发出光彩，学养不深，其字必定黯然无光，把精力花在炒作与应酬上是不值得的。

在中国佛教领袖赵朴初故居的堂柱上，游客们常常驻足于一副对联前品味赏析，拍照留念。这就是冯老应邀撰题并书写的楹联，文曰"江山故宅，居士超凡入圣；翰墨澄怀，先生明月清风"。是联隶书挥就，意境高远，正大气象，佳联妙墨，回味悠长，饱含着冯老对先贤赵朴初先生的崇敬之情。

安庆市书法家协会原主席余龙生对冯老有十分精到的评价，他觉得，几十年来，仲华先生有感而发时便著文写诗，挥毫留痕，至于雪藏发表，随心随意，既不炒作，也不张扬。从冯老的诗文中，似能体味出太白之浪漫，少陵之深沉，摩诘之清新，稼轩之豪放。其书法诸体皆善，但自云工于行草。冯老作书化古人，秉师承，出己意，不媚俗，不入时。行草书注重用笔，字立有神；用墨破水，淡中出采；结字、章法疏朗清明，不过多交绕，不剑拔弩张，意韵静含点画之中，且渐臻佳妙，家风可见。

如今，冯老年届耄耋，依然体魄康健，精神矍铄。每天除睡觉之外，三分之二用来读书临帖，三分之一用来创作与应酬，时间安排得满满的，日子过得挺充实。每每有朋友来访，只要笔墨展开，冯老从不吝啬，主动铺纸研墨，尺幅相赠，令来访者喜不自胜，满意而归。在宜城的大街小巷、亭台楼馆，一抬头一放眼，冷不丁钻入眼帘的就是冯老的墨宝。在冯老身上，我们感受最多的就是他谦和朴厚的君子之风，实令后学晚辈敬慕景仰，尊以楷模！

2019 年

我所认识的石楠先生

　　《画魂》的作者石楠先生一直住在安庆市。记得 1990 年，宿松县文联举办了一次"皖鄂赣三边文学笔会"，此次笔会规模盛大，参加者除了我们本地作家和文学青年外，还来了皖鄂赣三省的许多名家，三省的作协主席副主席们。就是在那次笔会上，石楠先生给我留下很深的印象。

　　当时，她刚当上安徽省作家协会副主席不久。其时，她的代表作也是成名作《画魂》在国内已沸沸扬扬了，她才 50 岁出头，个头不高，人却很有风采。那时，我只是一个 20 多岁的业余作者，刚刚生了孩子不久，住在离县城 20 多里的程集中学，整天被孩子等家务琐屑困住。那样大规模高规格的会议，能被县文联安排参加，我很是兴奋。那时候年纪轻，不知天高地厚，居然在会前还抢着油印了一本小诗集《遥岚诗选》，拿到会上去散发。

　　因为孩子才刚刚 3 个月，连续几天的会议我也无法从头到尾坚持，只能每天参加一上午，吃完午饭便急着赶回家带孩子，自然同那些各省的大名人们交流不多。在我们夫妇心里，石楠已经是很了不起的女作家，而且就住在安庆。同一个地区，同是女同志，无形中多了许多亲切感。然而，那几天会议安排在宿松的采风活动，石楠也没有全部出席，她跟陈所巨和白梦他们提前去庐山了。所以那次笔会，我和她实际上并没有过多的交流。

不久后，我这个文学青年便投书问路，给石楠写过一封信。信的具体内容现在都不记得了。1999 年，我在宿松县委宣传部工作时，石楠主编过一套"皖江走廊"丛书，我的第一部文集《越狱》也是其中之一。当时在安庆日报社工作的叶卫东先生为丛书的出版做了大量的工作，丛书是在太湖县印刷厂印刷的。我参加在安庆师范大学举办的签名售书活动时，第一次见到了时任安庆师范学院文学系的领导王海燕教授，是她设宴招待了石楠和我们参与签售的作者。

就是那次的相聚，我得知石楠先生想游览宿松的小孤山，我说有机会我请您去。虽然当时我还是宿松宣传部的一名普通记者编辑，但我觉得，名家来采风，自然是好事，文章千古事，景因文彰扬。宿松县委常委宣传部长范宿培，是个很能干事的领导，得知后非常支持，特意安排了县公安局的一辆中巴车接送。那次，石楠、石钟扬、黄复彩、张健初等一行名家，畅游小孤山，拍了不少照片。石楠先生非常开心，她欢欢喜喜地在小孤山上的梳妆亭拿起梳子梳头。传说在那个梳妆亭里梳头了，头就不会痛。

2006 年 9 月，我调入安庆市文联，与石楠先生的接触自然便多了起来。石楠先生求知欲旺，接受新事物快，她年过花甲，用电脑写作居然比我们早。那些年里，她的书一部接一部，几乎隔年就有新作问世，叫我常常自愧弗如。每每懈怠之时，便去石楠家拜访，闲聊，见她每天仍在写作，仍在读书。懒怠的我心中甚感羞惭，反省之后就涌起创作激情。我就这样常常从石楠先生的身上，汲取前行的力量。

每次活动，看到她年逾古稀，依然精神抖擞。石楠说，我在家就一身病，出来走走就好了。她是我们安庆市作家协会的名誉主席，我组织的几次活动，她像小孩一样，兴致盎然，爬山、坐竹筏、钻山洞、过吊桥，我们年轻人要搀扶她，她不肯，说"我能行"。她想去新疆看看，还想去美国、俄罗斯走一趟。希望我也能组织一下。但我不敢，毕竟她已经七八十岁了，担心旅途奔波劳累万一出什么差错，我可成了文学界的罪人。

石楠先生的生活十分有规律，比较注重养生之道。每天醒来便坐在床上做按摩，做操练功，饭后唰牙，半小时后吃药，下午4点到小区走路……每餐必吃一块山芋、几颗红枣，外加一碗骨头汤。早餐则是头天剩下的饭菜，加上亲朋送的藕粉呀燕麦片呀核桃粉呀等等，搅拌在一起，杂七杂八，煮成"八宝粥"。她说，这样吃既不浪费粮食营养又很全面。

有时他们留我吃饭。钟点工烧好饭便回家去，我也就不客气，陪着老两口吃饭。定量的饭菜，多了个人就不够，石楠老师便亲自下厨，下一撮面条，她和程老师一人吃一点。每餐必有汤，或者排骨汤，或者老鸭汤，每人安排一小碗。一块排骨一块玉米，素荤搭配。每种菜的分量不多，一般有四到五种，切得很细。鱼一般烧一条，当餐吃完。而肉吧，大多是猪尾巴或者猪脚，小半碗。多次之后，我感觉她的生活方式就像按照计划书严格实施，挺科学的。

我调来安庆，一家三口分处三地，生活自然马虎。那些年石楠老师常常给我亲人般的慰藉和教诲。每次告别，她都不忘说一句：回家代问我宗家好呀。我到家便很高兴地转述给老公听，老公说：这石家姑奶奶情商就是高。

石楠先生的生活习惯坚持得很好，只要在家，就从不间断。就像她的写作一样，目标既定，则十分顽强。她的生活和写作都极有规律，这让我想起一句名言：任何成功，都是近乎苛刻的自律。

而今，石楠先生已是耄耋之年，却依然红光满面，精神矍铄，反应敏捷，记性比我还好。我想，这绝对与她生活自律有关。程老师尽管是几十年的老病号，却在石楠先生的精心照护下，已是九秩，这不能不说是个奇迹。

石楠老师是有着人生大智慧的。她在弘信花园8号楼的家，是一个单元的对面两套房子，从室内打通，200多个平方，很宽敞。墙壁上挂着名家字画，室内养花养鱼，阳台上还种了些小菜。靠西边一整间专门做了书库，北边则是大书房，是石楠先生的专用，2014年后，又成了她的画室。过道很长，一排书刊柜，陈列着各地赠阅的刊物，排得整整齐齐。饭后，他们互不干扰，各做各的事。早先，程老师一直在用小楷誊抄石楠先生的著作，之后影印出来。2018年国庆节，石楠先生80寿庆时，还举办过一次伉俪联展。

而今的石楠先生，心态依然十分年轻，她是我们微信朋友圈的常客，思维敏捷，从不摆架子，经常转发文友们的作品，也经常给别人点赞，时而还进行点评。只要她身体允许的活动，她都不拒绝我们的邀请，总是给予大力支持。处处展现着她的谦和、好学、勤奋、善良与大爱，展示着安庆文艺界一个德高望重的长者形象。

2015 年

"怪才" 宋海明

大凡在文字工作上有一定成就的人，往往喜欢安静，坐守书斋，埋头耕耘，时日久了，便不免有些"书呆子"气。而既有文学成就，又能驰骋于社交场合，且能周旋于政界和商界，还能知进退有度的，那更是凤毛麟角了。

我所认识的宋海明先生，就是凤毛麟角里的一位。

一大桌人的宴席，如果有"官衔"有尊长的，宋海明绝对不会往重要位置上坐，他会很谦虚地先坐在桌子尾梢，等着主人请他甚至拉他坐上主宾的位置。这种风度绝对不像书呆子。他的酒量和他的眼睛一样，很不小，骨碌碌地转动，很会察言观色。人也豪爽，但他说不喝时就真的不喝，不像一些文人，兴趣一旦上来，就真的不管生死，喝得辨不清东南西北，随后说起话来颠三倒四的，甚至出尽洋相。

宋海明进入我的视野是因为他的剧本。去年《黄梅戏研究》第四期刊发了《布衣状元赵文楷》。这个剧本一经发表，在社会上引起很大反响，人民日报社、人民日报网、中国日报、中国旅游网、今日头条、腾讯等全国数十家中央、省市媒体连续大篇幅进行了关注报道。编剧便是"宋海明"。

宋海明何许人也？一打听，原来他老家就在距离我们不远的太湖县新仓镇，在皖河的边上。从小家境贫寒，父母生了13个孩子，活下来10个，儿多母苦，母亲因操劳过度，在他8岁时候就去世了。父亲靠着自己的聪明才智竭尽全力供养着这些未成年的孩子，但实在无奈，可怜年幼而聪慧的宋海明，只读了小学四年级就辍学务农。14岁时外出学徒，吃了不少苦却还是吃不饱，小小年纪就发誓要努力改变自己的命运。考大学是没有希望了，两次当兵都被关系户挤下，思来想去，唯一只有走写作这条路。从此，18岁的宋海明拜区文化站站长为师，下决心从文。

有志者事竟成。上世纪90年代初，宋海明便在全国公开发行的报纸、杂志上发表了起源发展于安庆民间的黄梅戏史料《黄梅戏起源有新说》《黄梅戏舞台第一位女演员胡普伢》《黄梅戏舞台最早的专业剧场》《黄梅戏最早的专业学校》《何为大戏36小戏72》及《黄梅舞台报春花》等。

说起自己的恩师，宋海明多次感激地提到甲乙先生。他说，当年作为一个农家穷孩子，书读得又不多，而甲乙先生不仅不嫌弃他这个写作上的新手，还悉心指导、鼓励，增强了他的信心，从而才有今天的成果。

上世纪90年代初，改革开放的浪潮吸引着年轻的宋海明，一心想跳出农门的他，下决心外出闯天下，年轻的腿一旦迈出去了，就会勇往直前。他先后在多家省媒、央媒当记者，20多年过去，宋海明成为一名资深媒体人。2010年他所采写的安庆市3位企业家创业的故事，在省级以上报纸发表，成为典型。之后，这3位企业家被推选为"全国创业之星"，在人民大会堂领奖，并受到党和国家领导人接见。

离开故土的时间越长，随着年龄的增长，宋海明那份乡土情结却越发浓厚了。他精力旺盛，在紧张的新闻工作之余，仍长期执著于家乡民间文艺的研究、挖掘与创作，近年来，积极为安庆的发展出谋划策，繁忙的组联工作之余，仍勤奋笔耕，发掘皖河流域的文化底蕴，讲好家乡故事，继创作的全国院线电影《三年》《荒岛求生Ⅱ背后杀机》、40 集电视连续剧《铁血黄梅》、8 场大型古装戏剧《布衣状元赵文楷》等影视戏剧公映（发表）后，其根据从民间挖掘收集的刘邓大军所属部队当年在大别山区太湖县晋熙镇程岭村、李杜店等地的革命战斗故事，创作了现代红色题材 8 场大型黄梅戏《烽火程家岭》、民俗篇黄梅小戏《送年画》、历史篇黄梅小戏《得与失》、现实篇话剧《结局》、电影剧本《奇医少年侯宝璋》，5 部影视戏剧剧本于今年 7 月份集中发表。

不能不说他是一个多产的剧作家。

多年来，宋海明不倦地将安庆地域的民间文艺进行发掘，并巧妙地使其寄生在安庆名片黄梅戏身上，既丰富了黄梅戏的题材，同时又弘扬了地域文化和地域精神。

宋海明不是一个"书呆子"式的剧作家或学者，他在策划、组织、联络方面的能力尤为出色。2004 年，他成功建议参与协助安徽省一家都市报改版。2010 年成功建议协助参与安徽省一家行业报增开展会版面，因成绩突出获奖。2014 年成功策划 13 国驻华使节到安徽太湖文博园进行文化交流。

不仅如此，近年来，他还先后协助安庆、亳州、六安、蚌埠等市县政府部门成功招商引资数十亿元项目落户。

在安庆文艺界，宋海明，真是一个"怪才"。

2020 年

"五兔闹人间"不妥

——与《陈独秀全传》作者唐宝林先生商榷

去年从新华书店买了本《陈独秀全传》，99万字，890页，很厚实的一本。近些年，我所熟悉的作家，石钟扬教授、朱洪教授等，都出版过不少关于陈独秀的研究著作，零零碎碎，我也读了一些。但如此恢宏巨著，名之曰"全传"，想必很全面地阐述了陈独秀的一生，作者该付出多少心血啊！

我怀着惊讶而崇敬的心情，毫不犹豫，花了128元买回一本。陈独秀是我们安庆的骄傲，是非功过，作为一个文化人，我自然很关注。

《全传》的作者是中国社科院近代史研究所的唐宝林先生，他从40岁开始研究陈独秀，穷其一生，在政治的风云变幻中搜集、整理、研究、著述，以及曲折艰难地出版，所付出的劳苦和辛酸是可想而知的。他对陈独秀的肯定，对陈独秀的感情，在书中所述甚详。这点，作为陈独秀的家乡人，我的敬佩与感念之情益增。唐先生现已年逾古稀，他在香港2008年的繁体字版前言中说，"本著乃笔者封笔之作"。其夫人也为他30年的学术生涯全力以赴地提供后勤保障，为此操劳过度，于2009年去世。

我怀着敬佩之情开始阅读这本大书。"简体字前言""繁体字前言""中国学术界为陈独秀正名的艰难历程"（代序），一一读完，深感一名学者为此付出的艰辛。直到正文的开篇，有句话让我疑惑起来。

厚厚的一本研究专著，按说有点瑕疵是无可避免的，我本不能较真。但是，书一直在我手边，翻开就觉得心里不爽。唐先生在开篇用了一个词"五兔闹人间"。他说陈独秀、托洛茨基、蔡元培、胡适、斯大林都是属"兔"的，他们出生的年份分别是1879年、1879年、1867年、1891年、1878年。毋庸置疑，按中国的阴阳五行天干地支与十二生肖，前四位是属"兔"，而斯大林是头一年的12月6日，若按中国的农历算，该是虎年的冬月。怎么也扯不到兔年上去。

如果仅仅是"五兔闹人间"，一句话带过，我也不想如此较真，还费神写这篇短文。但唐先生花了很多笔墨，对"五兔闹人间"进行阐述，详解，并以此开篇，作为自己洋洋巨著的一个引子。作为学术人，我们都是以求真务实为立言立身的原则，思忖了很长时间，我还是想告诉他，我给指出来，也算不上冒犯。给出版社打过几次电话，都没有人接，新春闲暇，看到眼前的这本书，我想还是写出来，以期唐先生能看到。

作为一个作家，我一直是读杂书，广泛涉猎，十几年来，我对国学中的"玄学"很感兴趣，买了很多这方面的书，也读了很多这方面的书，甚至买了罗盘，做些研究。对阴阳五行八卦易经，略懂皮毛。为的是不想在自己的作品中写外行话，看别人著作时自然也喜欢琢磨。中国的十二生肖，子鼠、丑牛、寅虎、卯兔、辰龙、巳蛇……这些是最基本的玄学常识，许多人一看都懂。唐宝林先生是大学者，《陈独秀全传》是鸿篇巨著，以后再版时，我们读者期望能看到更加完美的作品。

以上浅见，仅供参考。不妥之处，见谅。

2014 年

童虹的画： 气生而韵活

很喜欢童虹的花鸟画。

写意画，重在"气韵"。"气韵双高"，历来是画家们孜孜以求的艺术境界和美学理想。当今时代，画花鸟画的人越来越多，但精品妙品却不多见。许多花鸟画作品，要么流于有气而无韵，韵滞而气丰；要么流于有韵而无气，韵沛而气涩。

童虹的画让我精神一振。每一幅都洋溢着生动的喜悦和不羁的个性，真正做到了"气生而韵活"。观其画，品其气韵，感受其"画外之意"的丰富隽永，简练的笔墨语言中，蕴含着旷达而玄虚、自得其乐的妙境。

童虹的画，总的来说，"韵"高于"气"，是以"韵"取胜。他通过简洁而老到的笔墨线条、浓淡相宜的色彩、疏密合理的审美布局，使我们仿佛置身于烟雨迷蒙的江南水乡，那一树花叶、一洼湿地、一方荷塘……因有了白鹤、鹭鸶、麻雀、野鸭、小鸡、小鱼的啁啾、嬉戏而一齐活了起来，使得整个画面洋溢着一种灵动之趣、和谐之美，令观者顿生愉悦。

细节决定成败。童虹的画，非常注重细节。虽然写意画不求形似，更重"神似"，而童虹却能将"形似"与"神似"恰到好处地统一于一体。细细品读，他画中的每一条细线、每一块墨点、每一款题跋，并非随意而为之，而是十分精致。那俯仰呼应的花间跃雀，那钻入树下觅食的鸣鸡，那闲步水岸晾翅的鹭鸶，那藏于藤蔓荫庇下悠游的双鸭，那流连于莲荷间的几尾嬉鱼……其姿态与神情无不活灵活现，同枝枝叶叶相映成趣，共同构成了一幅幅完美的审美画面，表达出画家豁达自在的愉悦境界。

2017 年

明初的田园宰相——石良

宿松县石氏原本祖居江西，"东国五经第，西江万石家"，说的就是这件事。南宋末年，年轻的万一公投笔从军，征战于淮河以北，成为朝廷的一名武将。终因朝廷腐败，战事不打自败，人力已是难有作为。万一公像许多武将一样，虽有以心许国、以身许战场的决心，奈何不为朝廷所容，反而招致流放之祸。由于及时得到了消息，万一公在一名随从的陪同下改头换面，相扶相依，连夜潜行数日，返回江西境内。谁知到江西后一看，到处是悬赏的榜文，沿途设满了盘查的关卡，根本没有立足之地。

主仆二人便改装成常见的小货郎模样，挑着货担，顺着山区，沿江而下，瞅一无人盘查的渡口渡江北上，遁入皖鄂边境的大别山中隐居。有天，走到宿松的一片棠棣树边，见此地不错，就在这里停下，开荒种地，打柴狩猎，将个棠棣树周边整理得红红火火。

棠棣树地处太、宿、望三县交界处。当时，棠棣树三个字在安庆府非常有名。时值宋末元初，州府力量很难鞭及山区，这一带山林里，经常有盗匪出没，骚扰行人。万一公二人乃行武出身，听说此等事后，便经常出手过问，做一些救人于水火、解民于危难的事。名声渐响。安庆府甚至还允许万一公在家训练家兵，以解地方治安之需。经过多年的苦心经营，万一公家境十分富足。

万一公有个孙子名石良，1319 年 2 月生于宿松县杜溪庄。石良自幼秉承祖教，家居习武，略读经史诸子，洞悉时势，适值元末群雄并起，便纠集一方义勇屯田养兵，保卫家乡，众赖以安。1361 年，明太祖朱元璋率兵攻克江洲（今江西九江市），石良率宿松籍所属义勇，赴九江归顺，明太祖大喜，当即授石良为统兵元帅，镇守宿松。次年朱元璋被陈友谅围困在鄱阳湖，一时粮草断绝，派俞通海赴宿松，向石良求援，传出"谁送粮，封宰相"的口谕。石良满口应承，当即亲率部卒 3000，连夜开挖一条长达 30 余里的新沟，直通前江，把粮草运到明军手里。明太祖得救，大赞石良，并说待江山稳定后，再进相位。第三年秋天，太祖又与陈友谅大战鄱阳湖。陈友谅战船被烧，败出湖口，顺流与明军搏斗，至泾江，遇石良伏兵袭击，陈友谅中流矢而死，余部败退武昌。石良奉命领兵由小隘岭出蕲春，直抵黄冈、阳罗，夹攻湖广，冲锋陷阵，战无不克，获得了西征胜利，立了大功。

洪武二年（1369）二月，太祖特下诰令一道，敕封石良为武德将军，英武卫管军正千户，充任指挥，镇守亳州。洪武十年（1377）十月，又下敕一道，封石良为武节将军，洪塘湖屯田千户所，管军正千户。洪武十九年，石良见当时朝廷许多功臣无辜受害，便毅然引退，告老还乡，主修石氏首届宗谱。临行前，向太祖拜别。明祖偶忆前言（谁送粮，封宰相），深感自疚，便安抚石良说："卿回家造座相府，算是朕对卿的最后封赏。晚年做个田园宰相也好。"就这样，石良还乡遵太祖口谕，造了座一进九重的官厅，即后来俗称的"石宰相屋"。"石宰相屋"从此名闻遐迩。

不料，有人却向明太祖诬告，说石良在宰相屋造起了"九龙厅"，有"欺君犯上之罪"。

太祖听后，暗派一官员密查此事，据实回报。其结果，那官员一行数人，从金陵来到宿松，经过 3 个月的明察暗访，把事实弄清楚后，专门向太祖禀报：石良告老回家后，只按皇上口谕造了一座一进九重的官厅，没有造九龙厅；为石氏首届宗谱主修，为家乡造福，修桥铺路，开拓友古堂八景，大兴忠孝仁义家风，没有欺君犯上之罪；从石良为祖堂拟制的"俎豆甲兵千世业，江湖廊庙一般心"那副对联足见他在朝在野，都有一颗报国忧民之心。

太祖拍手称赞道："好个武德将军，在朝在野都有一颗赤诚之心，没有辜负朕望！"

而今，"宰相屋"之名在宿松依然很响。九姑乡杜溪村宰相屋的西北方，有土冢隆然高起，乡人都喊"宰相坟"，这便是县志记载的明"武节将军"前统兵元帅石良之墓。墓后有洪武二年诰敕碑，记述了墓主的丰功伟绩。

石良名松颜，系南宗都统辖石兴宗——宿松石氏始祖万一公之孙。

2020 年

有感于《潘军文集》 家乡首发式

　　潘军，乃中国当代著名作家、先锋派文学的代表人物之一，在国际上都有影响，最近几年频繁活跃在影视剧领域，自编自导，还能出演，兴趣来时，也在书画界凑凑趣。圈内公认为是"全才""天才"，圈外人称之为"流氓才子"。其作品涉及到小说、散文、随笔、剧作。文集中还有几幅插图，就是他的自画。

　　以上有些评价是拾人牙慧。我自认为是潘军先生的学生辈，断断不敢说他"流氓才子"。我与潘军先生的相识要追溯到11年前，我的首部长篇小说《花开何处》即将出版，慕名请潘军先生作序，潘军说他还不到作序的年龄，但最后还是勉为其难，作了篇千字文。那篇序言给我一种居高临下的感觉。

　　其时，潘军先生在文坛上已是声名鹊起，著作等身。对他的教诲，我自然铭记于心。只是我这人天生愚笨，又懒惰，先搞搞新闻，后又坐过几年"一把手"的椅子，再在宜城与宿松两地穿梭，难得性定神闲，安居斗室。这些年，尽管有几本小书问世，但能登大雅之堂的倒是几乎没有，很是惭愧。这次首发式，我忝列其间，自是甘当小学生，不丑。

3月5日，在富丽堂皇的黄梅山庄大酒店，《潘军文集》家乡首发式热情洋溢，著名文艺评论家唐先田先生洋洋洒洒，作了一个颇全面的概括。他说潘军"有成就、有个性、有担当"，对事业有追求，对父母堪称孝子，对女儿算得上好父亲，以前也是个好丈夫，现在还一如既往地关心前妻。虽然特立独行，锋芒毕露，但仍然可以用孔夫子的一句话"随心所欲，不逾矩"来形容。说到潘军敢于讲真话时，唐先生还特地引用了梁启超在徐志摩与陆小曼婚礼上的证词，梁启超作为证婚人，却一反唱赞歌的常态，在婚礼上把徐志摩陆小曼骂得痛快淋漓。其语真是惊世骇俗，这里也不妨录出——

徐志摩，你这个人性情浮躁，所以在学问上面没有成就；你这个人用情不专，以致离婚再娶……以后务必要痛改前非，重做新人。陆小曼，你要认真做人，你要尽妇道之职，你今后不可以妨碍徐志摩的事业……

徐志摩、陆小曼，你们都是离过婚，又重结婚的，都是过来人了，这全是由于用情不专，以后要痛自悔悟……希望你们不要再一次成为过来人，我作为你徐志摩的先生——假如你还认为作先生的话——又作为今天这场婚礼的证婚人，我送你们一句话：祝你们这次是最后一次结婚。

唐先田先生朗读之后，全场哄堂大笑。看得出来，唐先生非常欣赏梁启超这番证词。他之所以在这里读出来，也足见他对潘军敢说敢干的赞赏。

此言不虚。《潘军文集》的首发式，也带着"潘军个性"。虽然出席的有厅级的新老领导，有全国著名的作家，但却很简朴而随意，既没有摆席卡，摆鲜花，也没有发材料，排座次，无论尊卑，每人面前只有一杯清茶。畅所欲言，是这次座谈最大的特点。尽管有当今市委常委参加，没想到潘军的发言，精辟而诙谐，首先将"矛头"对准了领导，感谢领导对首发式的慷慨资助，然后话锋一转，更希望领导能对安庆的其他文学活动也"大笔一挥"，多多支持！

我差点鼓起掌来。好在在场的领导们个个都是一副笑面，和蔼可亲的样子，丝毫没有被触犯的感觉。有个离休的老领导，带头直言不讳，说了许多曾在台上不便说不敢说的真话，赢得一片热烈的掌声。近 3 个小时的座谈，愉快的笑声犹如春风荡漾。

说者有意，听者有心。当领导的，得有容人之量。所谓"宰相肚里好撑船"。如果领导听不进批评，一见有不同意见就大发雷霆，龙颜大怒，那谁以后还继续说？工作还能改进么？社会还能进步么？封建朝代还要专设"谏官"呢！

2013 年

天赋·天缘

——序《何其三词三百首》

这个世界上许多事情都讲究一个"缘分"。"缘分"是一个很奢侈的词语。我与何其三的相识时间很短，却因个性、情趣和观点相近而缩短了了解的过程，仿佛一下子就成了老相识，并在心底里觉得十分的亲近了。

大凡喜爱文学的人，与人的交往更看重的是情趣是否相投，观点是否相符。一个纯粹的文人，一定是很有个性和思想的，不会轻易被所谓的"头衔""职位"所左右，不会轻易被"世风"牵着鼻子走。人的性格变化必然跟不上时代的变化，所以不少文人总难以被世人所理解而认同。他们对外界不随意苟同，不合拍，不同流。但恰恰就是这样纯粹的文人，才更具备超常的创造力和文学天赋。我自然不能归于这样有天赋的文人圈子，为了少惹些烦恼，多年以来，我努力以世俗标准改造自己，使自己的脸谱能融入大街小巷的人流，渐趋于不被关注不被褒贬的"大众化"。但内心里，我还是佩服那些纯粹的文人，他们不随大流的勇气和坚持，是需要极强的功力的。

就在我将自己改造得跟家庭妇女差不多了的时候，2013年夏天，随同宿松文联和作协的同志们一起到北浴乡廖河村采风，我认识了何其三。雨后的山区，峰峦岚雾绕，廖河水潺潺。那几个月，我迷恋上了捡石头，每到一处，眼睛老盯着沟沟坎坎、山壑小溪，查找有没有被人漏掉的宝石。记忆中廖河有许多大大小小的石头，几个女伴被我对石头的津津乐道所感染，一同陪我前往，沿着雨后浑浊的河水，在巴茅草夹道的河沟里，我们一步一滑地寻找心仪的石头……一路走下来却一无所获。那是一次纯粹的游玩，不带有写作任务，随意而尽兴，并不指望走马观花之中能出多少好作品。但我没想到，两天后，手机上接到了何其三的《临江仙·咏石》：

参透繁华前事，性情质朴天真。三千流水洗红尘。暗藏心底梦，静待有缘人。

见过桑田沧海，也曾尝尽凉温。光阴凝满绿苔痕。修成方外客，岁月不沾身。

我不禁拍案叫好！还有谁能把石头写得如此活灵活现充满人性？聪慧而饱经沧桑却依然质朴天真的品性，亿万年的修炼以至于成就了淡然而磊落的情怀，历经万千愁苦却依然初心未改的意志……托物寄意，景与情如此巧妙而自然地融汇在一起，犹如一枚长久浸染着陈年秘制高汤的橄榄，越嚼越有韵味。我越读越喜爱，立即把它发给我的大学同学果石，她不仅喜欢捡石头，还爱好摄影，时而也写些旧体诗词。第二天，果石居然也步原韵和了一首。两首各有精妙，令我喜不自胜，触发我也写了篇随笔《赏石密码》，把两首都引入文中。成就词坛上一段佳话。

不久，就听说《临江仙·咏石》获得全国某个大赛的一等奖。其三领奖归来，驮瓶外地美酒来向我报喜，说酒是颁奖典礼上的赠品搭头。她大约知道我偶尔兴致高时，也会凑趣喝上一盅。交谈之中，我常常为她蹦出的妙语所击掌而开怀大笑，那是深有同感时下意识的举动，很天真，很忘情，忘记了年龄差距。

一首词或许并不能说明什么。让我不得不佩服的是丙申年的夏季，长江中下游地区洪灾肆虐，我在芜湖南陵县参加中国作协会员培训班时，在"安庆作家群"里倡议作家深入抗洪救灾一线采访创作，其三是第一个响应的。她请假跟着我赴灾区跑了几天。在南口圩采访后的一天夜里，她发了两首给我看，我说好，你再写几首，凑7首，做一个页码吧。她说，我试试看，用旧体词写抗洪救灾的题材，不太好写。我说你行。那天晚上，大约隔个把小时就从微信里接到其三的词，都是一个词牌"鹧鸪天"，终于完成了7首。已是子夜过后，其三完成最后一首后，发来一句话：我都要吐血了。我跪安了哈。

7首，从不同角度书写抗洪救灾题材的，而且文采俱佳。我彻底服了！从此对其三刮目相看。

个头不高，精精干干的一个小女子，几次采风都背着双背带包，举止行为清清爽爽，不拖泥带水，不妖妖冶冶，不迂不腐……是无论如何难以把她同"其三"这个名字连起来的。

其实，其三，就是在家里排名"老三"。其三出身书香门第，父母都是中学教师，上有两个姐姐，下有两个弟弟，名字便从"其一"到"其五"排列下来，虽说简单，但却颇有出处，来自于唐诗宋词。作为名字，简洁中不失为独特。由此也可以看出，其三的父母是很有新式教育理念的。后来从别人的片言只语中，我得知她的姐姐其一其二都是像她这样的女子，爽快、大气、心无城府。我喜欢同这样的人打交道，因为我也是这种性格。我觉得，性格志趣相投，从而相识、相知而不弃，这样的缘分就是一种"天缘"，它不需要过多的渲染和铺垫。

其三与旧体诗词也颇有"天缘"。

其三是幸运的，从小，父母对他们姐弟5个从没有过多的规矩和责罚，任其天性自由发展。因为父母的关系，小时候的其三读了大量的课外书籍，从儿童读物到文史知识，乃至囫囵吞枣地阅读四大名著。父亲也曾写旧体诗词，从其三小学三年级开始，放学后父亲常常把他们姐弟5个集中到教室里教唐诗宋词。中小学阶段，其三课余时间，除了爬树捉鸟下塘抓鱼斗鸡撵狗，便是背诵旧体诗词。不可否认，其三对旧体诗词格律和语言的特殊感悟，就是从那时候开始孕育在心底了。

一出手就不凡。2010年7月，何其三以一首《七律·咏菊》一刀挑下"美中杯"诗词一等奖（最高奖），从而开始步入文坛。2011年，又拿下"孔祖杯"最高奖项，而后便一发而不可收，一连拿下全国诗词大赛最高奖项和十几个等次奖。这匹在旧体诗词界横空杀出的黑马，很快便被多家网站聘用，她仿佛身披大红披风、提着一杆丈八长矛的女侠，纵横驰骋在"西部作家""香港诗词论坛""文学春秋"等网站，以"首席版主"的身份，肆意挥洒着令无数踟蹰旧体诗词界同仁们甚至前辈们都不得不惊羡而钦佩的长短句。不久，她就被聘任，担任《西部作家2015年诗词精选》《安徽省女子诗词选》主编。格律已丝毫不成其为桎梏。她的词风淳朴而清新，语言淡雅而简洁，词意往往推陈出新，口语在她的笔下不经意间便变成了奇语……令人啧啧称奇。

网络缩小了人们沟通的空间距离。近年来，随着"国学"的愈发受到重视，旧体诗词这个庞大的群体里，只闻其名、未见其人的大小粉丝们，大多以为"其三"肯定是个仙风道骨的长者，甚或是学富五车的老学究，谁知她竟是一个年纪不大的小女子！

这不能不说是"天赋"！

在我看来，其三几乎每一首词都是精品。我们不妨随意拿几首看看。

临江仙·邻家小丫

头扎冲天小辫，攀墙爬树掏窝。顽皮犹似小妖魔。北边才斗狗，西又撵鸡鹅。甲染凤仙花瓣，偷拿火炭描蛾。惊呆邻里大哥哥。佯装娇女态，也学转秋波。

短短的 10 句，却非常成功地塑造了一个精灵俏皮的"野小子"形象。读了这首词，谁不为邻家小丫那顽皮、天真烂漫的神态所忍俊不禁。

行香子·青花瓷

静待千年，知落谁边？可懂我、远避尘喧？光阴弹指，掠过眉间。更清如玉，明如镜，淡如烟。

青花白底，冰肌凝墨，难忘侬、姿致娟娟。江南丝雨，隔世情牵。是国之瓷，瓷之史，史之巅！

这首"青花瓷"，典型的托物言志之作。表面写青花瓷的魅力和文化韵味，实则表达作者自己清润如玉、超然世外的情怀。

经久耐品。

临江仙·书

别有动人魂魄处，能消苦恨忧烦。幽香缕缕绕心端。只因牵系你，不觉夜阑珊。万丈红尘书一卷，悲欣交织其间。光阴着墨意无边。行行藏故事，页页是流年。

写"书"，更是别具一格。书的魅力，书的精彩，全通过读书人的"不觉夜阑珊"来表现。整首词句清丽确切，似信手拈来，全无雕琢斧砍之痕。一次采风，她能写出《临江仙·樱花八咏》，一次抗洪，她能完成《鹧鸪天·七题》，而且题题不落窠臼，不复原味。一般人谁能做得到？请看：

临江仙·新耕村归来五咏樱花

只待东风过境，芳华一夜倾城。花中超脱数卿卿。虑多人易老，心净度今生。不信红尘因果，清高未肯逢迎。难邀春宠世无争。虚名终看破，淡泊是聪明。

临江仙·新耕村归来六咏樱花

不叹红颜薄命，深知季节分明。梅花凋后我婷婷。婉柔如小令，清丽似精灵。花瓣开成诗句，春风涂写心情。光阴凉薄伴云烹。将悲伤落尽，把失意归零。

喝火令·山野人家

叶动风初起，峰回路自逶。一溪烟水一溪云。林暗万声俱寂，苍犬吠柴门。野兔为常客，黄莺做比邻。个中滋味羡天孙。
静待花开，静待夜归人。静待隔年春到，景色四时新。

　　佛曰：境由心造。其三的词境界之高，之奇，之新，语句之
美，之简，之纯，是一般人难以企及的。由此可见她独特的心思
与天赋，以及良好的家教与后天的修养。其三说：我觉得最重要
的是战胜自己，所以我不跟任何人比，也不嫉妒谁，我只跟自
己比。

　　做人的好坏在于境界的高低，为文更是如此。胸怀宽广才能
成为"大家"。这是我们矢志于为文者之首要。

　　路漫漫其修远兮，吾将上下而求索。其三步入词坛不久，前
路漫漫。行文至此，借用屈原的句子与其三共勉，并借此文祝贺
其三第一本诗词集的出版。

2016 年

虞美人·何其三

无边景色任赏，怅立西塘上，

那时还在我身旁，荷盖摇

风吹动白衣裳，

眼波似水区区最，玉属天然媚

折花一朵色如丹，记得为君采

稻髻云鬟，

辛丑夏夜

《滨江放歌》 序

认识颜敬轩老先生是在 2012 年的上半年。

有天上午，一个戴着头盔的高个子老人到市文联办公室来找我，咨询加入市作家协会的有关手续。我心里很高兴，在这个人心浮躁的年代，这么一大把年纪的人还想加入作协，还把作协当回事，说明他心里看重写作。我很热情地接待了他，并详细地回答了他的所有问题，送他出门时，我见他居然是骑着摩托来的，很是诧异，并真诚地叮嘱了一番。隔了几天，他再次亲自前来办理相关手续，还是头戴头盔，这让我顿生好感。一个七八十岁的老人，并不像大多数这个年龄段的人那样，甘心当爷爷奶奶，守候在家里，伺候着儿孙们，或是无聊地打发着耄耋岁月，企望着孩子们来看望，来照顾，来孝顺。而他，却像年轻人一样，风风火火，骑着摩托穿梭在大街小巷。最近几年才在老年大学学习格律诗词，并且一直保持着良好的创作状态和创作激情，在全国各地的诗词报刊发表了不少稿件。不仅如此，还要求加入作家协会。这说明什么？至少表明了他的心态还很年轻，对生活的态度也是十分积极的。这样的人，在我们这个闲人很多的老城，是十分难得的，是很令我敬佩的。

随后不久，他出版了他的第一本诗集，收录了他的 1000 首古体诗词。他拿着新书又到文联来找我，要求加入省作协。这次我二话没说，签上了我的推荐人姓名。年底的时候，颜老的省作协会员批下来了。他在华中路皖福园饭店请客，文人雅集，大多是与他年龄相仿的诗词界前辈。席间觥筹交错，他们年长的互相斗起酒来，说笑连连，丝毫看不出年迈体衰，依稀豪爽如昔。

一个人活在世上，总得有所追求，总得干些有意义而让后人追记的事。颜老心里是不是这么想的，我不知道。但我觉得，他退休前干的是企业，深知一分耕耘才有一分收获，而且习惯了自己的事情自己做。他勤奋，他积极，他不畏困难，敢于挑战，对外界充满热情和希望，正是这样的心态，使得他从一平一仄一字一句学起，广拜师，多结友，每天自我加压，从而诗情迸发，几年时间就创作了 2000 余首古体诗词。我想，这样的勤奋和积极，在他这个年纪的人群里是不多见的。当许多离退休的人们只知道天天买菜做饭，看电视带孙儿，逛公园谈保健，有的还沉浸在对往昔门庭若市消失的惆怅中，无法适应晚年生活。相比而言，颜老的这种健康积极的心态真的很难能可贵。

颜老是个敢爱敢恨敢想敢说富有开拓精神的人。他兴趣广泛，在书画摄影方面，都有建树。他的古体诗词，内容涉及人生与社会等各个层面，写景、记事、咏物、论史、寄赠、酬和……几乎面面俱到，各有千秋，但总的给我一个强烈的印象，那就是弘扬真善美，鞭挞假丑恶，具有教育德行、陶冶性情的效果，是跟我们社会的主流价值观相一致的。浏览他的《滨江放歌》两本诗集，一个"放"字道尽颜老的性情特点，即将付梓的这本诗集所收录的诗词，较之于前，艺术手法渐臻成熟，诗味愈发浓厚。我对诗词格律的知识知之不多，就不在这个短短的篇幅里班门弄斧了，相信诗友们读了《滨江放歌》，会有我相同的感受，而我们也能通过他的七律《渴望》窥知颜老个性鲜明、积极进取的精神风貌——

> 桑榆暮景欲寻求，
> 西下夕阳迟慢悠。
> 但愿天长能地久，
> 可将日短续风流。
> 横眉冷对千夫指，
> 俯首甘为孺子牛。
> 乐业安居今盛世，
> 欣然延寿惜春秋。

寥寥数语，词难达意。借《滨江放歌》第二集出版之机，衷心祝福颜老，以及像颜老一样热爱生活的前辈们，在这个美好的时代里，健康快乐！

是为序。

2015 年 5 月

个人生存境遇的体验式书写
——序紫艳中短篇小说集《潮汐》

　　20世纪80年代后期开始的以市场经济为引擎的社会发展变革，这股中国社会发展进程中的强台风，首先生发于沿海城市，并迅速扫遍内陆乡村，让我们这一代人的身心遭遇了强烈的冲击和洗礼。摆脱贫穷，追求财富，这是过去30来年中国城乡广大百姓的最大愿望。在这一重大历史进程中，我们或多或少都置身于传统的价值文化观念溃败与个人人格徘徊游离的混沌状态之中，在洪流激进、泥沙俱下的磅礴大势面前，能坚持一份自己的本心实属不易。

　　紫艳就是被这股洪流裹挟着，在传统与改革的夹缝中游弋。为了生存得更好，年轻时候，她就与丈夫一起拼搏于商海，几经沉浮，欣有所获。但在物质生活得到一定程度满足之后，她少女时候的文学梦想又顽强地钻出"锅碗瓢钵""灯红酒绿"的喧嚣层，一种更高层面的精神需求在折磨着她，也在击打着鼓动着她的脑神经。她终于又捡起了"文学"，并从"诗歌"很快跳跃到了"小说"。

　　进入新世纪后，我便与文学有着密切的联系。尤其在文联上班，顶着"作家"和"主编"的头衔，便不免常常有熟悉的或陌生的作者甚或作家找上门来，送新著、谈文学。只要不太忙，我往往就给客人泡一杯茶，聊得热火朝天。文联本就是"联"。大凡喜爱文学的人大多真诚直爽，心无城府，何况我这个人，更是文学圈里的热心肠，性情素来耿直，不做作不绕弯。

认识紫艳也是这样。4年前的一天，她带了几篇小说稿，找到纺织南路我们文联这栋小楼，进了三楼我的办公室。她标致而文静，年龄与我相仿，但却显得拘谨而羞涩。这让我大为诧异。我在文艺圈混了几十年，见惯了这个圈子里各色人等，大多自以为是"才子""才女"，或滔滔不绝，或趾高气扬，或狂放不羁，或故作谦逊而心里却自命不凡，最最普遍的也是落落大方。像她这样打从内心深处渗透着少女般"羞涩"的，还是第一次遇见。

而给我留下深刻印象的则是她的小说《二娘》，原标题是"石女"。老实说，首先是题目引起了我阅读的兴趣，而后引起我高度重视，并给她主动打电话的，却是因为这篇小说在人物形象塑造上的成功。

我承认我的文学审美比较挑剔，而一个文学新人，能以第一篇文稿打动我的真不多。尤其是小说。因为那几年，我刚刚主政安庆文坛不久，小说创作是安庆文学的薄弱环节，我正为此苦寻良策，挖空心思大力发现和培养小说作者。

紫艳，就以一篇《二娘》走进了我们安庆市的文学圈子。先是在有着近40年刊龄的省级内刊《振风》上露面，后来又被国家核心文学期刊《清明》公开首发。这给她以极大的鼓舞，从此，她常常夜不能寐，挑灯夜战，中短篇小说一个接一个，完成后便从手机上发给我们欣赏和提意见。两三年时间，我们欣喜地目睹着她的勤奋和成长。

紫艳祖籍安徽宿松，出生于江西彭泽。江西人杰地灵，历史上文人辈出，陶渊明、晏殊、欧阳修、王安石……中小学教材里一个个闪光的姓名深深扎根在她的心里，孕育着她的文学之梦，恋爱、成家之后，这一梦想被生存的琐屑暂时封堵着。她与丈夫一起搏击商海，靠勤劳的双手努力创造着物质财富，同时也积累了丰厚的人生阅历、文学养分，这保证了她在有了充裕的积累之后能从容地构筑自己的"文学殿堂"。小说创作最需要的就是阅历和想象。

这部小说集里选了 10 个中短篇小说，从乡村到城市，紫艳有选择性地描述着她熟悉的领域。她的小说一如她的为人，温和而细腻。紫艳善于捕捉生活细节，擅长生活描述，文笔优美而细致，且善于强化地域的陌生感，给自己的文章打上独特的标识，并以自己的眼光来审视和改造，完成人物的再创造。无论是《二娘》还是《黄梅调》《上海潮汐》《陪产》，莫不如此。

文学就是"人学"。一篇成功的小说，往往就在于塑造了鲜活的人物形象。《二娘》就是塑造了一个独特而鲜活的农村妇女，丰富了浩如烟海的文学殿堂里的女性形象。二娘因自身身体原因不能生育，却一直乐观、直爽、善良、泼辣、我行我素、敢爱敢恨。为了弥补自己不能生育的缺陷，也为了慰藉自己缺儿少女的孤独，她一而再再而三地结拜干儿子，到了老年居然还再婚……也因此引出许多不怀好意的猜测和误解。但二娘个性泼辣、大胆，认定了的事，从来不因人言而畏畏缩缩。这个形象既有着她突出的个人品质和人生遭际的个体特征，也在一定程度上囊括了过去几十年间农村妇女的诸多共性。作者以第一人称流畅而圆满地完成了这个形象的塑造，通篇故事在优美的叙述中让人感到十分真切可信。

《潮汐》中有许多篇目，大多叙述由乡村转向城市，由小农经济转向市场经济，这一社会发展变革中，不甘于贫穷的弄潮儿们在商海的拼搏与沉浮。紫艳以其自身的真切体验，向我们读者展示了商海中一个个悲喜交加的故事。紫艳不同于其他作家，她的优势就在于，她所叙述的故事往往是自己的经历或是她熟悉的朋友所经历的，她有着强烈的感受，并想把她诉诸于笔端。这些故事的地域跨度也很大，有的发生在皖西南小城镇，有的发生在大上海。紫艳很善良，这点从她笔端的主人公身上也看得出来。二娘自不必说，其他几篇里也是这样。即使如《上海潮汐》里坑害了"我"家的"齐辉"，也有他值得称道的个人品质。个体的人总是摆脱不了时代的洪流。作为一个作家，紫艳是传统的，也是清醒的，她看到了时代的进步，社会的发展，生活的美好，并在她的笔下反映着并讴歌着这一份美好。

对一个作家来说，能抓住社会道德的主流，并在作品中艺术化地表现它，这是最值得称道的。

作家的写作必然有自己的道德取向。在繁复混乱的生活表面做出自己的"发现"。挖掘出别人没有发现的东西，并用小说的方式来呈现它、确认它、强化它。小说到这个层面就够了。而认知和思考，则是读者的事。弗拉基米尔·纳博科夫说："真正的作品不需要指控，作品本身的逻辑足以表达道德的要求，得出结论是读者的事。"真正优秀的作家会在他的故事中"藏身"，不会前呈地介入对作品中的人物指手画脚，哪怕他对其中的人物有着特别的爱恨。中国作家普遍存在哲学思辨和社会认知上的欠缺，逻辑思维的训练也很不够。这样的欠缺难有速成的渠道，它是一个日积月累的过程，是需要以作家个人的综合素质作为基石的。

小说是需要设计的，高手往往能设计得了无痕迹且让人感觉结构奇巧、自如、完美，直到读到结尾，才恍然大悟：原来如此。如果从这些上衡量，紫艳的小说创作还有很大的提升空间。

文学创作是一盘美味。激情，是它的燃气，是它的火，是它的电，是它的太阳能。没有火没有电，是烹制不出美味佳肴的。紫艳就有着这样的创作激情。一旦进入了创作状态，她就吃不好睡不好，连日带夜，老公女儿看到她"神神叨叨"的，生怕打扰了她。而一周或十天半月后，她就发一篇小说给我们看。那份收获的喜悦，感染着我们。人虽然憔悴了，但心里满足了。

春天，是生机勃发的季节，多年前就听紫艳说想出版小说集，这个愿望在辛丑年的早春终于付诸行动了，实为可喜可贺。我认识紫艳也才 4 年光景，我亲眼见证了她在攀登文学殿堂征途中的每一步付出，她的苦恼和坚持，她在喧嚣而繁杂的时代里、在大半生为生存打拼之后能有如此顽强的精神追求，实乃我辈应该大力扶持、提倡和学习的。

是为序。

2021 年 2 月

坚守道德和生命的底线

——《留守》后记

　　10年前，我还在宿松县委宣传部时，接触和采访过许多留守儿童，也听到过不少有关留守妇女的故事。他们的贫穷、孤寂、向往，以及由此而派生的诸多无奈，令我唏嘘不已，感慨良多。我曾以报告文学的形式写过《关注留守的孩子》，刊发于多种报刊，在媒体上我可能是最早提出"留守生"这一概念的。之后的很多年，我继续关注着这一新兴而庞大的群体，并萌发了采写大型报告文学的念头，安徽省报告文学学会副会长侍继余老师得知我的想法后，非常赞成，嘱我干脆以"中国留守儿童"为题，进行采写。但后来，考虑到报告文学的采访成本高，时间跨度长，这一构想便搁浅了。

　　我曾当过十几年的中学教师，深知孩子是我们的未来，是人类的希望。小到一个家庭，大到一个民族，再怎么贫穷，都不应该误了孩子的教育。改革开放之后，大批农民工潮水般涌向城市，丢下老弱病残守着老家。留守群体的生活状况，新闻报道上留守群体的悲剧，时常震撼着我的耳鼓，啃噬着我的心灵，令我无法释怀。

在当今这个喧嚣而躁动的时代，传统道德被颠覆，严肃文学被冲击，人们的审美情趣渐趋低俗，时代的河床里奔涌着感性的洪流。如果说，作为社会中的理性力量，担当人类灵魂导师的作家们，再不坚守道德和生命的底线，那么，未来是什么样子，谁不感到迷茫呢？

2006年，安徽省作协召开过一次儿童文学创作研讨会，大约是因为小说《疼痛》曾刊发在《儿童文学》头条，我有幸忝列其中。会上座谈时，中国著名儿童文学作家张之路、伍美珍等大谈儿童文学题材的阳光灿烂，而我却恰恰相反，强调的是关注苦难和贫困，强调了作家的社会责任，因为我耳闻目睹了许多仍然在贫穷和苦难中挣扎的孩子。任何一个有责任感的作家，都无法回避这一庞大的群体。

我无法沉默！因为我是一个女人，也是一个母亲，更是一个作家！我得把我所了解的留守群体的真实现状说出来，以期引起各方的关注和警醒。如果各级政府、教育工作者、广大家长以及社会有识之士们，能从中发现、醒悟、思考并改变一些什么，我则甚感欣慰了。

这本书稿动笔于2008年10月，进展缓慢，到年底才完成了10余万字。2009年春节前后我母亲病重，在3月一个阴雨连绵的日子里送走母亲，许长时间我都难以从丧母之痛中恢复过来，无法进入创作状态。直到6月，安徽省作协常务副主席许辉打电话给我，希望我加入《民生为天——安徽民生工程纪实》大型报告文学的采写，这个电话把我从因丧母而沉溺在对生命对人生无常的沮丧与无望中拯救出来。那些天，正是江淮大地的高温酷暑天气，接近40℃，我顶着烈日，在与安庆一江之隔的池州市区和青阳、石台县的乡下走访了很多贫困家庭，那些患尿毒症的孩子，他们对生命的渴求以及无奈的现实再次震撼了我，常常使我泪流满面，甚至于掏腰包捐出了随身携带的所有钞票。在可怕的疾病面前，我深感生命的脆弱和无奈。

夏天时，安庆作协决定编辑"振风文丛"。找出版社、跑印刷厂、联系作者、谈细节签合同、收发书稿，甚至校对、邮寄……诸多事务使得我再次把《留守》搁置起来。直到2010年初夏，"振风文丛"首发式后，得知许辉、苗秀侠合著的《农民工》一书已出版，我真正感到时不我待了。"农民工"与"留守妇孺"，正是一对矛盾的两方啊！我怎么能一拖再拖呢？于是，这个夏天，我便集中精力将《留守》的后几章写完。

此书能赶在2010年的年底出版，这得感谢安徽文艺出版社的社长唐伽、总编朱寒冬先生，感谢原安徽省社科院副院长唐先田先生，还得感谢责任编辑汪爱武的督促和许多中肯的建议。特别要提的是，原《清明》主编段儒东先生在最酷热的日子里，欣然充当了第一读者，花了两个白天及一个通宵看完书稿，立即给予高度评价，这给我极大的鼓舞。安徽省文联主席省作协主席季宇先生也对本书给予高度关注，著名作家石楠先生、侍继余先生时常发来信息打来电话，问及此书的进展。这些资深编辑、作家、评论家们的关心、肯定和支持，给了我莫大的动力！

在此书的出版之际，我表示衷心的感谢！

炎热的时候，将这本压在心头多年的书稿画上最后一个句号，心头顿时轻松起来。我将U盘交给老公去打印社为我发排装订，自己兴冲冲地烧几个好菜，开了一瓶干红，与老公对酌。而后，去书店背回一摞中篇小说选集。

不写作的日子，我每天大约有四五个小时用来阅读。我喜好阅读那些厚重的文学作品，那些作品大多揭示人的本性与理智如何挣扎，以致最终对自我世界产生质疑与觉醒，对生命承受压力过程中产生的疼痛与喘息进行描述和追问。看影视剧也大多关注一些严肃主题艺术水准较高的，包含剧中人物的举止衣着和环境等细节，往往带着批评的眼光，否则，宁可不看。没有心仪的可读物或可观物，就上街上公园晃荡，与朋友打牌聊天，看店铺五光十色推陈出新的招牌，看时髦得常常使我目瞪口呆的各色人等，甚或与流云、飞鸟、秋水和落叶对话……

我一直认为，生命的过程，是一个自我完善的过程。就像蠕动在灌木丛中的毛毛虫，最终会在雨露在阳光的历练下蜕变成蝴蝶一样。

如果，我们生活的这个世界，能有这样的雨露和阳光，让我们每个人展现的都是飞翔时的绚烂和优美，那该是多么理想啊！

2010 年 12 月

　　我一直认为，生命的过程，是一个自我完善的过程。就像蠕动在灌木丛中的毛毛虫，最终会在雨露在阳光的历练下蜕变成蝴蝶一样。

我的写作

——小说选集《疼痛》后记

　　人生之路或许冥冥之中早就被一根看不见的手指划定了。就像画家画竹子那样，脑海中早"有成竹"。我无法追究那根手指长在一张什么样的脸上，只知道这根指头很坚韧，也很无情，有时也不免邪恶。它握着一根细细小小的指挥棒，随意地将我面前的路画得歪歪扭扭，让我吃尽了苦头。我想，这样的随意性正符合画家的审美。谁见过哪幅画里的路是坦直的？

　　我不想成为"作家"，但是现实中却有许多场合，我被人介绍为"作家"。一个高考语文还没考及格的人却进了中文系，不喜欢做教师却偏偏当了教师，不喜欢琢磨"人情"却偏偏得天天跟人文打交道，不"编"就"写"，偶尔还得做些策划组织协调的工作。这样毫无乐趣的苦差事，为什么偏偏落在我的头上？致使我多年来被失眠所折磨。而今回想起来，对当初中学语文老师在作文课上的表扬，真不知道是该感谢还是该怨怪。

　　在写作这条路上走到今天，真是酸甜苦辣五味俱全。正如一个喜欢探险的人，跟着别人一起爬山，选择了一条荆棘丛生怪石嶙峋的路，说说笑笑，不知不觉爬到了半山腰，忽然就感觉到体力不支，头昏眼花心慌慌，别人也无法帮你往上爬，想上上不去，想退回山脚，下去的路可能跟上面一样，十分遥远，陷入两难境地。语言这个东西，就如自己的味觉一样，是具有独特性的。吃了几十年的米饭，怎么也学不会一日吃两餐面食。吃惯了宿松的辣椒烧鲫鱼，怎么也吃不惯安庆的清蒸鳜鱼，尽管它的价格贵，档次高。

就比如写山吧，写过一篇，你再写它，得重换一个主题，重换一种思路才行，每一篇都得有新意，横看成岭侧成峰，后一篇总得比前一篇好，有突破，否则，自己就不会满意，读者更是懒得看一眼。所以，越到后来，越不敢提笔，不敢多言。我很羡慕画家，他们多好，沟壑纵横，林木葱郁，稍作变化，或添一人、或一桥、或一溪、或一亭……或左或右或上或下，就另成一幅，都美，都有新意。徐悲鸿的马，齐白石的虾，张大千的山水……古今中外的名画家都有各自擅长的画物，他们可以年复一年、日复一日地重复练习。作家就不行，你能老写一种东西吗？所以，做个作家难就难在你得篇篇出新意，你看人看事看物都得有不落窠臼的新思路新思想。新的东西从何来？那你就得比别人付出更多，不仅要读万卷书，还得行万里路；不仅要坐得住书斋，还得洞明世事，练达人情，否则，你的文章就浅显就乏味就无多大阅读审美价值。

我这人不算勤奋，也不执著，更不聪明，有时还有点执拗，有点完美主义倾向。工作之余，偶尔写点文章，自然不是无病呻吟，对耳闻目睹的一些事一些现象，可能比别人思考得多一点，假设得多一点。思考与假设的初衷，无非是想给他人或后人一个提醒，无非是想我们自己少走些弯路，少些损失，让我们面前，多一些善良与美好的景点和暖风。

　　这本文集选编了近些年我发表过或参赛获奖过的 11 个中短篇小说。之所以将书名定为《疼痛》，一则是其中的短篇《疼痛》2002 年被刊发在《儿童文学》12 期的头条并配发了责任编辑的评论"一篇感人肺腑的小说"，之后被入选 1993 ～ 2005 年儿童文学小说典藏书库《一路风景》（升级版），2013 年再次入选《儿童文学·领军佳作》（2002—2012 年十年精品选）。2014 年再次入选《小说眼·看中国》一书。再则，我觉得我的文章都不是应景之作，更不是为了弄点稿费而胡编滥造的合口味之作。我的目光总喜欢投向那些需要人性关注的地方。"幸福的都是相似的，不幸的各有各的不幸"。因为不幸，才有文学。所以，我把自己的这本文集定名为《疼痛》。

　　40 岁以前的写作，是用笔墨写字，其过程反倒很流畅。40 岁以后的写作，用上了电脑，反倒把思路弄得磕磕绊绊，文章也写得干干巴巴毫无起色。这让我越来越困惑。这条路是否能继续走下去，还得请读者诸君为我把脉。

　　　　　　　　　　　2014 年 10 月 8 日于安庆江畔兰园

人文关怀下的直面人生
——简谈姚岚的长篇小说《留守》

季 宇

姚岚写这本书，在没写完前，我就知道，她跟我说过。我当时虽没看书稿，但直觉小说题材非常好，只要写好了会是一部很好的小说。书出版后，她把书送给我了，昨天我认真地看完了。有很多感慨感触。因为时间紧，我只粗浅地谈点感受。

我觉得这部小说是一部反映现实、直面人生的长篇小说。我感受最深的有几点，第一点，留守，是当下值得关注的问题，姚岚及时抓住这个问题予以关注并创作，表现了一个作家的敏锐。

留守这个现象是社会变革中出现的一个问题，它其实是农民工进城派生出的问题，中国农村改革是从联产承包责任制带来的劳动力解放，富余劳动力怎么办？他们就开始向城市转移。前不久，许辉和苗秀侠创作的《农民工》，在阜阳开的研讨会，许辉对农民工有个发言，概括得很全面。农民工有个统计，开始时1982年，是2600多万，到2001年时，达到1亿3000万，最近有个统计，达到4亿5000万，是不是？我记不太清了。农民工进城我觉得是个进步，对城市做出了很大的贡献。但农民工进城也带来很多问题。有很多阳光照不到的地方。农民就农民，工人就工人，什么"农民工"，这个提法本身就是歧视。2005年前，对农民工的待遇、工资、法律保障等问题相对解决了，现在随着社会的发展，相反，留守问题突出了，而且很多情况愈演愈烈。大量农村青壮年进城后就带来了一系列问题。粮食问题，空巢问题，等等吧。我觉得姚岚能深入采访，这反映一个作家的敏锐。目前反映这个问题的中短篇有一些，但反映这个问题的长篇还没有。作为长篇反映这个问题，姚岚的这部应该是第一部吧，可以说填补了空白，这应该是姚岚的一大贡献。

　　这部书贴近现实，直面人生，不回避矛盾，这是《留守》这部书最值得称道的地方。如果要归类，《留守》可以归入问题类小说。我觉得对问题小说，要看作品在反映问题的深度和广度上，你做得怎么样。空巢现象，造成了很多社会问题，段公在序言里面，阐述得很透彻。空巢现象实际上是一种很形象的概括，青壮年进城，只留下老人孩子在家，造成了很多社会问题，除了田地没人种而外，还产生许多问题，比如子女教育问题，有些地方黑恶势力、地痞流氓横行，盗贼出没，恶性案件不断发生，还有一些乡村干部的作风问题……所以要说大一点，严重一点，实际上空巢现象不是个小问题，关系到国家农村基层政权的稳定问题。我觉得看这个小说，姚岚很可贵的一点，她没有停留在小说层面，她是将笔触深入到人性的深处和情感的深处。因为留守问题不仅是一个社会问题，更重要的是一个人性问题和情感问题。比如说孩子的教育问题，这里面，姚岚的重点就写这个。这个问题，前一段时间中央在重视这个，姚岚这个小说里面写得非常深刻，看了后令人思索，担忧。另外就是情感问题，比如婚外情问题，这不仅仅是一个生理问题，实际上是一个情感问题，人性问题。

前不久我看了陈应松的《野猫湖》……这个小说里写到同性恋。这也是一种文化现象，实际上也是留守问题。这跟当年的"徽州女人"不一样。

农民工进城对城市贡献很大。过年时都回家过年了，像北京，连做早点的人都没有。但是他们的家庭特别女人和子女是做出了很大的牺牲。我看了后，觉得姚岚这个小说通过许多细节来反映，看了后很感慨。我在想，《留守》跟同类题材的小说有什么不同，因为姚岚这个是长篇小说，比起其他同类题材的小说，它的面要广阔得多。《野猫湖》是中篇，写得很深刻，从艺术上来说，是很不错的，但看了后，很压抑。而《留守》看了后，我觉得有很大的不同，除了反映了现实阴暗的一面外，另外还有温情守望的一面，最后还写到希望，当然这个希望的尾巴虽然写得还不够充分，但毕竟看了还能让人看到有希望。

所以说，这部作品不仅反映现实、直面人生，而且充满了人文关怀，作家心中充满了温情和关爱，充满了思考。作品有了这点，就有了魂。留守问题说到底是社会发展过程中必然出现的问题。一篇小说，不可能解决很多现实问题，解决问题是随着社会的进步，比如说以前讲的"菜篮子"这个小问题，它关系到民生，以前狠抓，现在就不成其为问题……通过这个小说，唤起人们对留守群体的关注，这是作家的责任。姚岚这样做，我觉得是非常值得肯定的。

第三点，从艺术上来讲，就不展开了。作品从结构上从情节上从语言上，充满了生活气息，文字比较生动。姚岚过去以写报告文学见长，最早她的中短篇小说，我都看过一些，当时觉得语言不够灵动。这部小说出版，对她自身来讲，是个很大的突破。长篇小说往往是很锻炼人的驾御能力，无论从题材上还是从内容上还是从她自身而言，这部小说是个很大突破，是非常可喜可贺的。最后祝贺姚岚不断写出更好的作品。

现实问题、 精神困境与救赎的可能

——评姚岚长篇小说《留守》

江 飞

　　每个时代，都必然有这样一群人，他们对颂歌和光明保持足够的警惕，却热衷于倾听这个世界上那些被压抑和被驱逐的声音，将目光投向那些人们看不见或视而不见的暗处，在现实中发现问题，在问题背后发现隐秘的精神疾病，进而思考人性救赎的可能。我想，安徽作家姚岚应该是其中的成员之一，其最新长篇小说《留守》可谓是做如此努力的作品。

　　在中国的社会语境中，"留守"是一个意味深长的语词，它一旦与儿童、妇女、老人联系起来，便构成我们这个时代最突出的一种社会现象和现实问题。据去年中国农业大学一项针对农村留守人员状况的调查显示，目前全国有 8700 万农村留守人口，其中包括 2000 万留守儿童、2000 万留守老人和 4700 万留守妇女。在这些冰凉的数字背后，是一个个鲜活而压抑的生命，他（她）们与心理异常、孤独自闭、婚姻危机、性犯罪等紧密相连；而"留守"的另一指向却是"农民工"，或者说"外出务工者"，如果他们不进城务工，便不会有所谓的"留守"。问题自然并非如此简单，从社会学的角度考量，中国城市的现代化进程，必然改变了城乡格局、贫富差异以及劳动力资源分配，换句话说，"留守"现象是中国现代化独特而必然的产物，虽然有些畸形，却也可以说是全球文化工业背景下的正常生产。问题在于我们在片面追求经济快速发展的同时，却忽略了这些创造经济的劳动者以及他们身后庞大的社会群体，我们的"关注"大都停留于形式主义或物质主义的层面，而缺乏更深入的情感关怀和精神养护，更缺乏行之有效的保障措施和体系建设。

小说《留守》以皖江农村为背景，细致描绘了一群留守儿童的生存现实和凄苦命运，以及留守妇女的情感困顿与人性需求，虽然他（她）们只是千千万万这一留守群体的缩影，但不难窥见：外出务工者以及他们的妻子仍处于底层的现实境遇中，他（她）们共同承受着生理与心理的煎熬与疼痛，而他们的孩子在孤独和爱的缺失中同样承受着亲情的淡化与心理的偏离，甚至因此而走向死亡，如父母在外打工的中学生刀条脸敲诈抢劫，结果被几个不堪欺凌的同学活活打死；林齐馨、莉香等几个花季少女，因为考试没考好，竟结伴去自杀，如此等等。作者精心白描了这些来自于真实生活的事件，而现实还远比这更残酷，这不能不让人警醒和反思：究竟是什么造成了如此严重的现实问题，使得本应天真的儿童变为超负荷的"成人化的儿童"，而孤寂、堕落甚至死亡的阴霾又无时无刻不笼罩着他们幼小的生命。

作者说，"生命的过程，是一个自我完善的过程。就像蠕动在灌木丛中的毛毛虫，最终会在雨露在阳光的历练下蜕变成蝴蝶一样。"（《坚持道德和生命的底线》）从这个意义上说，建设我们自身，如同建设这个世界；关照我们的精神，如同关照我们的物质；而如果只关照物质，终有一天我们将遗失精神、自身乃至整个世界。所以，相较于看得见的现实，我以为那看不见的精神与道德的困境更加让人深思，特别是成人世界的失范无序和迷惘堕落，类似于蝴蝶到毛毛虫的蜕变。在多元文化冲突并存的媒体时代，一些隐蔽的细节比如性、情人、一夜情等俨然公开化，曾经是可耻的事情现在变成了"社会问题"或"政治问题"或"心理问题"，电子媒介（特别是电视、网络）肆无忌惮地贩卖一切文化和身体，甚至批发疯狂，这些已对成人的权威和青少年的好奇构成了严重的挑战。在这个过程中，传统道德的规范力量逐渐丧失，成人的权威逐渐被消解，成人已经不能扮演青少年的导师的角色，电子媒介导致了"童年的消逝"（尼尔·波兹曼语），而"道德危机"最终导致了一种"信任危机"，乃至全民化的"精神危机"。

　　小说中，小学代课女教师常翠萍作为留守知性女子的代表，与李斌主任的肉体狂欢，与高成林乡长的暧昧关系，都构成了对自身"教师"身份的反讽。更严重的是，这对她的儿子晓峰造成了潜在的影响，在网络色情游戏的催动之下，晓峰与龚月忍不住偷尝禁果，从而酿成了三死一伤的悲剧。另一留守农妇腊香无法抗拒生理和权力的逼迫，与村支书常刘保偷情并生下私生子龚星，而这个遭受生父抛弃、养父厌恶的孩子最终葬身于火海。未成年人的世界何尝不是对成人世界的模仿，未成年人的悲剧又何尝不是成人纵情的代价。外出务工者原本要改变物质贫困的生存现状，结果他们以及他们的妻儿却不得不经受更为严重的情感焦虑和精神贫困，面对人性的荒野和千疮百孔的生命，我们深刻感知到意义的缺乏，善的缺乏，健康精神的缺乏，而这远比寄回妻儿老小的那点辛苦钱沉重得多，悲凉得多。当然，小说最后还是给读者留下了明亮的结尾，在记者齐涵的努力下，常翠萍与回乡创业的丈夫一起创办了专门面向外出务工子女的"暖阳私立学校"。不能不说这是一个比较可行的解决留守儿童问题的途径，现在北京、上海、广州等地也都创办了这样的农民工子弟学校，然而我又不免疑虑，这些学校教育的软件硬件水平能否和城里保持一致，孩子们的心理能否和城里孩子一样感受到温暖和公平，对于庞大的外出务工者来说，他们的心理和情感又能否享受暖阳的沐浴。我想，在今天，与其延续鲁迅式"救救孩子"的呐喊，不如发出"救救大人"的呼声，虽然有些刺耳，但或许这比温情脉脉的抚慰更贴近生活的本质，更贴近我们真实的内心。

毫无疑问，《留守》作为一部具有现实使命的小说，其虚实相生（虚构与纪实交织）的结构技法更增强了其社会功能和批判力量，虽然小说的叙事节奏稍显平淡拖沓，人物语言也缺乏灵动的个性色彩，但读者依然可以穿越素朴的语言，深切感受到作者压在纸背后的沉重心情。按中国台湾的思想史学者张灏先生的观点，儒家的主流主要是对人性幽暗的一面做"间接的映衬与侧面的影射"，而基督教则采取"正面的透视与直接的彰显"。（《幽暗意识与民主传统》）基督教文化是以人性的沉沦为出发点，因而着眼于生命的救赎，而儒家思想则是以"成德"的需要为基点，导致人性做正面的肯定。而在当下的物质化进程中，"成德"似乎越来越高远，而人性的沉沦倒是触目惊心地切近，我们真正需要的是对生命的救赎，对人自身的幽暗面、沉溺和堕落进行批判性的修复与拯救，这既依赖于人心向善的本性自赎，更需要政治意识形态和整个社会体系的共建，如此，才可能改变这些愈加严重的现实问题和精神困境，才可能留守住健康、幸福、有尊严的未来！

论《留守》中的巫鬼文化

胡功胜

　　《留守》是一部地域文化色彩非常浓厚的长篇力作，且不说遍布其中的乡风俚语，就是弥漫其间的巫觋鬼神，都浸润着皖江农村的烟火民俗。作家姚岚和我本人一样，都是在浓郁的巫鬼文化氛围中长大的，我们童年的经验世界，更是与民间巫鬼传统紧密相连。在我们曾经生活过的那块土地，巫鬼信仰代代相传，直到如今都还是乡土子民们日常生活中不可缺少的一部分，这种信仰已经沉淀为一种难以改变的习俗和民风。

　　既然巫鬼信仰对于乡土世界来说是一个客观的存在，那么，我们的作家就有可能通过巫鬼文化的审美表述，深入乡土子民的心灵深处，探索他们隐秘的文化心理和潜藏的心灵奥秘。周作人在一篇《谈鬼论》的文章里说过："我觉得中国人的感情与思想集中于鬼。"他这么下结论的根据是："虽然，我不信人死为鬼，却相信鬼后有人。"也就是说，关注"巫鬼世界"，最终指向是"鬼里边的人"。作家把巫鬼作为现存世界的一部分去表现后，给作品带来的是比单纯现实书写更为广阔的艺术空间。比如在沈从文的湘西世界里，神灵与巫鬼思想不仅广泛影响着湘西人大小事务的处理，而且深入到湘楚子民的内心。在《巧秀和冬生》中，冬生的母亲杨大娘就认为，她"也信神，也信人，觉得这世界上有许多事得交把'神'，又简捷，又省事。不过有些问题神处理不了，可就得人来努力了。人肯好好做下去，天大难事也想得出结果；办不了呢，再归还给神。如其他手足贴近土地的人民一样，处处尽人事而处处信天命"。沈从文之所以欣赏巫鬼习俗，并不是他相信鬼神真的能够消灾赐福，而是迷恋具有原始社会生活的美德以及人神同在的环境，在对巫鬼文化的书写中，他完完全全被鬼神崇拜中的自然宗教情绪所感染，被祭神活动中表现出来的浪漫主义精神和艺术特质所折服。他所理解的，所感悟的，是不同于封建宗法社会，不同于现代都市文明，而只属于他本人的一种自然、宁静、和谐的自由境界，这也就是他的"湘西世界"。

在《留守》中，作家对巫鬼文化也情有独钟。在开篇，作家就以大量的篇幅极力渲染着一个遭雷击而停电的年夜饭给乡民的心理造成的巨大阴影，鸡公石的崩塌和卜卦的白胡子老头的谶语更是给乡村笼罩着一层阴霾，在小说情节的发展过程中，白胡子老头神出鬼没，成为一个神秘的力量似乎在掌握着主人公的命运。巫鬼文化正是起源于这样的一个社会心理：当人们在面对各种自然灾害、生命中不期而至的厄运而无法解决、无法解释时，就会产生一种畏惧和恐慌情绪，在这种情绪面前，人的理性显得非常脆弱，便不由自主地匍匐在神鬼面前，求助于非理性的神秘力量，帮助他们抵御内心的恐惧和绝望，增强他们控制天灾人祸的底气和信心。在《留守》，翠萍虽然也算一个知识分子，但当白胡子老头推算出他的儿子晓峰将要遭到厄运时，她对此深信不疑，虔诚地按照白胡子老头的指点进行巫术式的破解。最终，晓峰的灾难算是消除了，但白胡子老头的谶语也应验了，一场火灾造成了三个幼小生命的伤亡。从小说关于巫鬼文化的整个叙述来看，可以说，作家对这种巫鬼文化也是深信不疑的。也许作家认为，生活于乡土大地上的子民，他们至今无法主宰自己的命运，有一个神秘的力量仍在乡土大地上俯视着一切。

就我个人而言，我非常同意作家的这种文化思考。从社会学角度来考察当今农民的命运，他们是一个弱势群体，他们的命运控制在强者手中，他们无法抗拒当今社会的城乡二元结构，但他们对这种生存处境是不知不觉，不能出示他们成熟的理性思考，借助于一种非理性的巫鬼文化去排遣他们心头的焦虑和恐惧，诉求他们最大限度的安全和幸福，也就在情理之中。所以，巫鬼文化从本质上来说，是一种客观存在的、关乎生存方式的文化。试想，在城镇化、打工潮风起云涌的当今社会，我们的农民朋友的身子虽然迈进了城市，又有多少人的心灵能够真正融入其中？又有多少人的尊严和权益能够纳入城市社会的保障机制？对于这些为数众多的城乡二元结构中的弱者，客居城市中心的边缘人，当他们虔诚地向一个并不存在的神灵祈求一点安全与福祉的时候，又怎么能板起面孔批评这是一种宿命与迷信呢？

一部厚重的小说，不仅决定于它的社会学方面的认识价值，也决定于它能提供专业阅读者多维审美和文化阐释的可能。从作家对这种巫鬼文化的具体操作来看，我也发现了一个问题。整体而言，这部小说是写实的，它给读者提供的更多是一种社会学层面的解读。既然作家用巫鬼文化的视角对当下的乡土进行了某种观照，小说的整体氛围如果太实，恐怕就支撑不起作家超越性的文化思考。从某种意义上来说，现实写作与虚构表现如何统一，是当下小说创作的一个难点。《尘埃落定》的作者阿来就对此发出过感叹："在我自己摸索小说已经十多年了，却一直缺乏把理想情景与日常生活的感觉相互调和的能力。我们很多小说，要么在理想的境界里因真实感的丧失而害死了自己，要么太多的日常感受而没有一点美丽的东西，让人爱不起来。"《尘埃落定》里也充满了巫鬼文化，但它的确是一部虚实结合得非常完美的小说，阿来最终还是发出了如是的感叹，可见小说创作对虚实的把握并非一件容易的事。虚幻的场景与故事，既是带来阅读快感的手段，也是调动阅读思考的指针。我们既要让读者相信文本此在的真实性，又要超越此在，充分打开文本审美的意义空间，这就是书写巫鬼文化的边界和难度。

因为当下所以未来

——欣读姚岚新著长篇小说《留守》

朱亚夫

祝福他们，这些为世界分担痛苦的人们，在时间的流逝中，他们将比那些回避痛苦的人得到更多的幸福。

——摘耶稣语录致作家姚岚

何为当下？以我的理解，当下可以说就是眼下，是时间上的此时此刻，空间上的此地此处，主体上的此人此心，客体上的此事此物，媒介上的此情此境，且诸元归一，而其他皆为参照，皆为背景。所以，当下也就只是满树绿叶中的某一枚，涉水过河时的某一步，万念俱生下的某一刹那，一千个哈姆莱特面前的某一个观众的那一双眼睛。

为了帮助更多的读者更好地把握《留守》作为当下"一部思想价值和艺术品位都较高的作品"（段儒东语）的典型意义，这里有必要先就小说中的主要人物和基本情节作一个大致的梳理。

关于人物

龚月，13岁初中一年级女童，父母均外出务工，在家带着一妹一弟艰难度日，终因蒙羞自责决绝自杀（施救及时，未遂）。

龚云，龚月妹，心理自闭，耽于幻想，死于火灾。

龚星，龚月弟，系其母与村支书私通所生，与龚云同死于火灾。

晓峰，龚月男同学，性早熟。父亲在外打工，母亲当代课教师，爱玩牌，发生婚外情。

齐涵，女记者，有正义感，有官二代背景。

常翠萍，晓峰母亲，龚月之母腊香闺密，龚星生父常刘保之女。

林霞，龚月表妹，同死于火灾。

玲玲，腊香生女，常翠萍养女，晓峰妹。

关于情节

"这是对谁的惩罚呢？"这是作者在小说第十五章中（见194页）借助情节发展的锥心一问。高山滚石，惊涛裂岸。骤如天来，振聋发聩。小说以留守儿童的无辜为主线贯穿，以留守妇女的无助和留守老人的无力为两翼跟进，三线交织，正面展开。佐以打工者的诸多无奈，侧面呼应，以叙述的艺术化暗合了生活的原生态。谁之罪，谁之罚？他们都是当场者，都是互动者，都是这枚社会苦果的承担者，但又显然谁都不是制造者，不是责任者。他们既没有故意，甚至也没有过失。谁都无法归罪于他们，但他们谁都深怀负罪感。"感谢姚岚！她以一个作家的良知和责任感，用她的辛苦劳动、怜悯情怀和优美文字，再一次为我们形象地揭示了这一事关人本的社会课题。"（段儒东语）

关于这部小说的社会意义和思想成就，段儒东先生在作小说序言"有妇女儿童，就有希望"时已经作为重点给予高度评价，读者从中可以得到诸多同感和深刻启示。但这里尤须强调的是，这些同感和启示，既不是来自于主题先行的空洞指导，也不是来自于后某某时代的苍白隐喻，更不是浅层生活艺术挖掘的流派或者技法的娱乐式表演。而是来自于一个个生活的故事，来自于一个个鲜活的人物。由是观之，如果一定要有两个关于这部小说艺术成就方面总体评价的关键词，那当然只能是首选：生活的，鲜活的。

面对父亲龚平安外出务工前的反复叮咛，"龚月心里很不踏实，但她还是硬着头皮点点头，右手握成拳头，左手使劲抠着自己的衣角，仿佛踩在云端，没有了依傍"。年幼的龚月没有用任何语言来回答，面对她根本无法承担又不得不承担的托付，她不知道该怎么回答，或者说她根本无法回答。她"没有了依傍"的心理，只能通过"无言的表达"来表达。

"龚月接听电话时，龚云、龚星几次要抢话筒，被龚月打了手，便只好把耳朵凑近来听。还没等妈妈说完，龚星就高声'哦—哦—哦—'叫了起来，十分开心的样子。"龚月接听电话，显然是要记住妈妈的话的。弟妹抢话筒，则只是想听听妈妈的声音，所以被龚月打了手。再寻常不过的一个电话，在龚月是责任，在弟妹竟是一种值得期盼和欢呼的快乐，生活中的一个小场景，原来已是人生中的几多大慨叹。

"玲玲常常是沉迷在她的世界里，看起来乖乖的，挑不出任何毛病，可那种乖巧总叫人有些担忧。担忧什么，却无法说出来。"玲玲沉迷的到底是一个怎样的世界呢？作者没有告诉我们，因为她也无法告诉我们。看起来作者是在俯瞰，其是早已置身其无法说出来的担忧之中了。

秋天的夜里，屋外下起了小雨，翠萍一边胡思乱想，忽然就很烦。"这种烦躁如夏夜的沙地，从深处渗出些水来，很细很细，潮乎乎的，将她的心漫湿。"一个留守的少妇，一个留守少妇的胡思乱想，一个留守少妇忽然就很烦。生活的，生理的。压抑的，渴望的。拒绝的，需要的。物质的，感情的。不是痛苦，却是折磨。不是牺牲，却是失去。说是从深处渗出些水来的沙地，何尝不是一个足以令人灭顶的深渊？

长篇小说《留守》正是通过这一幕幕对当下生活场景细腻准确的描写，对一个个当下人物鲜活生动的刻画，让我们看到了网瘾、早恋、自杀、犯罪等社会毒箭对留守少年的大肆虐捕，看到了性骚扰、婚外情、性暴力等道德杀手对留守妇女的疯狂围剿，看到了过度操劳和有亲无孝留守老人的天伦缺失，同时也看到了那些常年外出务工者的堕落与辛酸。

"痛苦这把犁刀，一方面割破了你的心，一方面掘出了生命的新的水源。"（罗曼·罗兰语）小说在这一点上尤为成功，为我们冲破留守困境，终于探索出了一条充满希望的路径。

所以说：因为当下，所以未来。

庸常人生的诗意化表达

——读姚岚报告文学《敢越雷池的女子》

余昌谷

　　习近平总书记对文艺工作提出的新要求，给有志向的作家提供了绝好的生活体验和创作契机，诱惑着他们敞开自己的襟怀，拥抱火热的时代，描画现实人生，也尽情地展现自己的才气和激情。安庆作家姚岚新近推出的报告文学《敢越雷池的女子》，就是这样一部感应时代脉搏，贴近现实生活，也渗透着作者独特而真实的感受，对读者有着不可抗拒的牵引的力作。

　　文中的主人公，是芸芸众生中的一分子，南京妹子，望江媳妇；文中所叙的事，是平平淡淡的事，养老院里老人们的吃喝拉撒玩。若用一句话概括就是，女主人公张玉红历经 18 年艰辛创办寿星乐园的事。如此凡人小事，却被作者描述得韵味十足，整个作品处处都是思想的火花和情感的激流，使你感受到一种无声的汹涌，引起触动，引起思索，迫不及待而又饶有兴味地读下去。这就是本事。我想，羚羊挂角，无迹可求，无非就属这种境界。

　　作为叙事性文体，报告文学不是故事的编码，容不得虚构，但这篇报告文学巧就巧在作者通过悉心观察，精心处理，把养老院一桩桩平凡的生活琐事，化作了一个个颇富内蕴、活力和意味的"小故事"，它们仿佛闪光的珍珠贯穿于作品之中，多角度、多侧面映照出女主人公独特的生命形态和人生图像，而一个"敢越雷池"的、具有坚毅性格和勇者风采的女子形象也就在这些"小故事"中树立起来了。不是说"不敢越雷池一步"吗？而现实中的"雷池"，张玉红却跨越了一个又一个。18 年来，她为创办寿星乐园，像个"拼命三郎"似的，不知疲倦地忙这忙那，克服了一个又一个困难；她曾两个月不到经历两次手术，术后第二天，身上还插着导流管，穿着病号服，居然瞒过医护人员，溜出医院，直奔放不下的 800 里外的养老院；抗洪防汛，她自己开车，自己搬运，一次又一次从南京拉回价值近 18 万元的物资赠送到各处圩口。今年抗洪救灾又捐献了 10 万元。

"怀着一颗报恩的心，尽我所能，为世界增添一点小小的光亮。"这平淡质朴的话语，是张玉红为人处世的准则，也是她美好心灵的真实写照。

一切种类的文学艺术创作都离不开人，报告文学作者要找到自己的坐标，也一定要有人文情怀，把笔力聚焦于人。《敢越雷池的女子》正因为真实而生动地刻画了张玉红这一女子形象，表达了我们这个全面改革开放新时代的人的精神追求、精神活力、精神风貌，所以能够激励人，鼓舞人，提升人。

我国正逐步进入老龄化时期，关爱老年人，让他们度过安康幸福的晚年，已成为热门的社会话题。而遍及城乡的养老院，也构成了非常亮丽的社会文化景观，张玉红创办的寿星乐园，则是其中的一朵"奇葩"。《敢越雷池的女子》以此为切入点，描述张玉红的奋斗历程，显然表达了作者对养老事业的关心和关注。张玉红敢越雷池、挑战生活、实现自我的人生追求，和其富有说服力的现身做法，无疑对缓解我国面临"少子化、空巢化"而出现的现实问题，加强发展养老服务业，慰藉老年人苦闷心灵，稳定底层社会，起到绝佳的作用。如果说，报告文学需要发挥"文学轻骑兵"的作用，那么，《敢越雷池的女子》正是因此而显示其"适时"的特有功效。

姚岚的文学创作成果多为小说，报告文学在其次。但她这篇对一个"敢越雷池的女子"的点赞，会使她在报告文学创作中的成绩显得更加突出。《敢越雷池的女子》是一部社会底层人生的演绎和描述，它所体现出来的文化色彩及诗性品格，是近些年间报告文学作品所不多见的。它与那些急功近利式的广告文学大相径庭，更与那些写轶闻艳事的纪实性作品不可同日而语。作者出于对社会的强烈责任感和严肃的创作态度，把自己对社会人生现象和问题的观察审视传达给读者。我相信，凡是接触阅读这篇报告文学的人，都会发出由衷的赞叹。

注重发掘庸常人生中蕴藏的美，而又予以诗意化的表达，是报告文学接地气又具正能量的叙说路径。沿着这条路径，姚岚成功地创作出《敢越雷池的女子》，也一定会有更多更好的作品问世。

站在高处看风景

——读姚岚散文集《风景无价》

何宏彦

虽然我们比不上孙大圣，在太空中行走自如，但让心灵翱翔在天空，则是每一个人都能做到的。

——姚岚《让灵魂站在太空中》

姚岚说："小说好弄，散文难写。"诚然，小说家里可以出现职业作家，虚构、编故事，可以不断写。而散文则无法多写，因它与个性体验和阅历有关，不能虚构，必须写真实的生活。经历未必有价值，从经历中体验到的独特感悟才有价值。小说的语言差一点，可以靠精彩的人物和曲折的故事来弥补，而散文主要就是靠语言的力量来打动人的。王国维早就点明，散文是一种"易写而难工"的文体。

再来读读姚岚的散文集《风景无价》，真的就有非一般的感受。生活的广度，哲学的高度，独特的角度，杂文的深度；加上生活化的语言，实实在在地言说，既让自己的思想得以淋漓尽致地表达，又很容易让人接受。每一辑都有几句话作为导言，像乐曲的前奏。每读一篇，都有渐入佳境、豁然开朗的感觉。

发现开在秋天的硕大的木芙蓉，思考"她的成熟大概是在人们目光冷落了的冬季"。读书也是看风景："社会时刻在变化着，调整自己的心态，适应这种变化，寻找自己的奶酪，才是明智的。"看见半个月亮，一般都会联想到满与缺，作者却意想不到地与上山下山联系起来："下山也会有下山的风景，只要留意，往往会惊奇地发现上山时忽略的东西，不经意间就在你的脚边。"再进一步领悟到："爱情到了一定阶段，就变成了亲情。"告诉人们"珍惜每一个团圆和离别的日子"！这就是哲学家的关注。

山，在常人眼里可不就是山！但"这山，不高不大也不奇险；山上的树木，不茂密也不珍贵"时，还有什么可说的呢？且看——"但它却仿佛一位哲人，时时让我意识到自己的浅陋和渺小。"这就是一种境界的升华！接下来，对日常生活一番观照之后，又有精彩的深度表述："在尘世中匆匆地走，正如大街上走过的路人。有些人只知搜寻地上的硬币或捡拾那些能卖的硬纸盒、塑料瓶，他们的背是驼的，形象是猥琐的；有些人挺直腰杆目不斜视，急着赶路，风尘仆仆，或许是赴一个约会，或许是谈一笔业务，或许是出席什么仪式，气宇轩昂；有些人三五相邀，勾肩搭背，逛商店、看风景、赶热闹，悠哉游哉。""这些人都缺少坐在山顶独自参禅的境界。酒足囊饱就是他们的追求目标。翻来覆去，短期效应，鼠目寸光。他们空虚烦恼痛苦，追求刺激，争名夺利，无视法纪。"进而钦佩陶渊明抛却五斗米回家采菊的勇气。精辟，形象，有力度。读后拍案，继而如山顶看天空：湛蓝而明净，坦荡而真诚！

天容万物，海纳百川，一切皆有缘。"我不能辜负了斑鸠的信任"，去为它搭建一个安全的家。《寻找自己的奶酪》《只同自己比较》，都是通过日常事件的记录给人启悟。对于我们普通人，有句俗话叫"一个跟头翻下地，八字定着归"。个人的命运不同，不要去同别人比较。何况"人比人，气死人"呢。所以，想通了这个问题，谁还会害红眼病，得忧郁症，失眠，坐立不安，怕半夜鬼敲门呢！所以，"我写了一篇自己满意的文章，我帮助了一个真正需要帮助的人，我完成了一项难度较大的工作……这是我的进步，我为此骄傲。""只同自己比较，就能善待他人，就没有嫉妒没有报复，人与人的交往就会充满阳光和春风。只同自己比较，今天比昨天有进步，每天都有进步，心情就会愉快，就对自己充满信心，就会永远保持积极进取的精神。"诗意的阐述里，为世纪流行病把脉。不是打耳光，而是开出了一剂医治流俗的良方！

《生命的姿势》里，几乎在同一时间，看到一个好胳膊好腿，年轻力壮，却跪着乞讨；一个没有双手，身体瘦弱，仍自强不息。鲜明的镜头，深刻的启示！《关于花的断想》中带你品尝"有心栽花花不发"的失落；又道："花开何处？只要是花，就不必担心没有开放的时候，也无须感叹没有赏花的目光。艳丽也好，清纯也行。只要保持自己的色彩，在自由的空间里绽放。"

没有僧尼与香客，菩萨也在清冷中默坐，感受一种坚持。同花草鸟鱼的对话中也去感悟善待生命。"一切引诱只有通过自心的接受才能达到目的。"追求理想的过程便是战胜自己心中邪念的过程。连大街上的孬子不与人挤咬，那也是一种极致的超脱。"守住一方孤寂，犹如秋菊抱香，不随西风落成泥，那是一种生命的坚守，该需要多大的意志和毅力！"人生苦短，用阳光的心情，每天带着笑脸回家。"何必拿自己的生命作无谓的实验？"坐在山顶嚼"菜根"独自寻找"将我渡往彼岸的小舟"。一盆芦荟的死亡是因为违背事物规律，揭示一个沉重的话题：爱它，却害了它。又深入到对现在经济快速发展的担忧："其实都是在透支未来，透支子孙后代的资源。"生活的广度里有自己独特的观照角度。

读这本《风景无价》，篇篇都让人看到风景的深处，让人眼前一亮。每翻开一页都会有黎明的感觉。姚岚在《风景无价》里，看自己的风景，舒大众的性灵，有《瓦尔登湖》的极静，但不像《瓦尔登湖》只是一个人的孤独寂寞；有《瓦尔登湖》的智慧，但不像《瓦尔登湖》抽象与深奥。《风景无价》是站在高处看风景，是观照、启悟心灵的教科书；而我只不过是站在低处阅读。大家还是自己去体验一下，自己去品味风景的最高境界，自己去阐释流水与梦的寓言，去领悟芝麻飘香里的亲人亲情，去咀嚼爽心悦目的紫薇花开！不要让欲望和野心盲目操纵，让虚荣和物质遮蔽了双眼，天天行走在美景里却一无所获。

"风景无价"——可不是么：那是自然的造化，怎能有价！人为的创造风景带来的总归有些遗憾。我还是用姚岚《让灵魂站在太空中》的结尾作为我这篇文章的结尾吧——虽不能奢望大家都能用笔或键盘如姚岚一样地去表达，但我希望有更多的人能如姚岚一样站在高处看风景——

"学一学神仙，让灵魂站在太空中，便能高瞻远瞩，对个人来说，就会少一些计较，少一些烦恼；对人类来说，就会少走许多弯路。"

　　学一学神仙，让灵魂站在太空中，便能高瞻远瞩，对个人来说，就会少一些计较，少一些烦恼；对人类来说，就会少走许多弯路。

评姚岚的中篇小说《国叔》

洪中为

姚岚刊发在《清明》（2005 年第五期）上的中篇小说《国叔》，让我们看到了一个很勤劳敢闯敢干也敢享受的独特的农民形象。

农民国叔是一个不太安分守己的人，他年轻时敢于和上海知青谈恋爱，刚改革开放便敢于搞家庭作坊做酒经商，晚年又敢于找年轻的饭店打工女子再婚，甚至违反政策，做一些不合法的事。这个优缺点都很突出的农民，对生活始终充满了遐想，但又不能持之以恒。

这部中篇成功地塑造了典型环境中的典型人物，并使二者高度完美地统一起来。典型人物与典型环境相统一，真实性与倾向性相统一等，这些现实主义基本原则在《国叔》的创作中被运用得恰到好处。毫无疑问，这是这部中篇的灵魂和精髓，也是作品的一大艺术成就。

这部中篇是扎根于皖西南热土上的一株野草，它极强的生命力，源于作家对生活在这里的兄弟姊妹的亲近与血脉相连。生长在大别山麓的姚岚，对于这里的一草一木、一山一水，都有着由衷的敬爱与详尽的把握。应当说，小说的成功主要还在于注重人物性格的刻画方面。因而，读者能在她的描绘中看到活鲜的人物形象，体悟到那种皖西南人的自豪与豁达。在"国叔与上海女知青谈恋爱"的火热或"回家后国叔总想干一番事业"的不安中，在"不久就在家里自己做起了糯米酒"的敢干或"国叔在女儿面前说一不二"的强硬中，读者看到的是坚定的信念和不屈的气息。国叔善良而强悍、多情而坚强、浪漫而务实、真率而狡黠、传统而大胆，这些复合的特点使人物呈现立体，凸显生动。具有优秀乡土小说的基本基因和特质，是这部中篇的又一艺术成就。

这部中篇，写出了国叔内心的大波澜，也写出了作者内心的大波澜，是《国叔》又一个值得称道的地方。小说有很多很感人的细节，知青胖姐告诉国叔，公社书记喜欢安琪儿，引起国叔的焦虑："我失魂落魄地回到家里，很烦很烦。是不是就是那次，安琪儿哭着找我，一定是遇到什么事了，可问她就是不说啊。我想一定是的，肯定是那畜生把安琪儿糟蹋了。"从大上海下放到农村的女知青，洋气，聪明，有文化，像一只只白天鹅在天空中翱翔，对于国叔一类生于农村长于农村的青年来说，可望而不可即，想都不敢往那方面想。然而，当大队书记的四叔对国叔说了一些激动人心的话，为国叔壮了胆。自此，国叔对天仙般的上海女知青真的动了心思。国叔看中了一个秀气些，文静些，懂得东西多些，说起话来有板有眼的安琪儿。于是他就开始有目的地让她喜欢他。他有了梦一样的感觉。好景不长，安琪儿因母亲的身体不好，要求提前回上海。"我当时没说什么，心里有些难过。既同情她和她妈，又不希望她回去。"后来不久的一天夜里，安琪儿突然哭着跑来找国叔，要他陪她到小河边散步，问她什么事，她摇摇头，就是不说。又过了一段时间，四叔说安琪儿要回上海上大学了。国叔一惊："真的吗？"处于热恋中的国叔内心活动剧烈显而易见。从整部小说来看，作家很好地抓住了国叔的性格特点，细腻地刻画出他内心的矛盾变化不定和波澜起伏。诚然，这样的写作会使她很不轻松，但却使作品具有了震撼人心的艺术魅力，读者从心底生出无限的激情与喜悦来。

出自表达人生体验的需要，这部小说在内容上远离编造，在形式上不事雕琢，真实朴素，自然天成。读后，我感到一种无法抗拒的真实和真诚。

其实，姚岚的散文也写得很有品位。她最新出版的散文集《风景无价》是一部心灵写真集。文意淡定从容，淡泊世务、超然物外，一点也不刻意造作，文字都是从心底自然流淌出来的，见出一个作家为文时的气定情安、神态自若的情致。让心变得天然无饰，其实更需要用心。如姚岚自己所说："要达到自然无饰的艺术境非一日之功，不仅需要多年的磨砺与苦心经营，亦需淡泊的心志和较高的文艺天分。我想，这应该是我们共同的追求。"

仔细琢磨姚岚的作品，我认为少了的是落笔时的随意与轻狂，多了的是洒墨时的凝重与沉思；少了的是轻率的快感与发泄，多了的是缜密的思维与分析。率真、智慧、纯正构成了姚岚这个富有个性色彩的人，也形成了她作品的艺术风格。

从疼痛的悲悯到人性的反思

——品读姚岚小说集《疼痛》

王光龙

一部作品，尤其是一部有着"温度"的作品，在作者创作打磨的激情过后，展现在读者面前的成品是否能够折射出作者的全部意图，是考验作者叙事能力之外的情感表达。对于此，我在读到姚岚的小说集《疼痛》之后，就感受到了作品的"体温"。

《疼痛》是小说集中的一篇，而这部小说集就是以《疼痛》来命名，作者已经清楚地表达了自己的感受，看似直白，实则细致入微。在这部小说集里，字里行间无不透露着作者的"疼痛"。对农村留守儿童现状的疼痛（《疼痛》）；对隐秘爱情遭遇现实的疼痛（《梦中的枫香》）；对农村养老问题的疼痛（《孝子》）；对家庭和财权之间取舍的疼痛（《科莫多巨蜥之吻》）；对老一辈晚年生活的疼痛（《国叔》）……这些覆盖面如此之广的社会问题，都在姚岚的笔下一一呈现。作者已经从几年前好评不断的长篇小说《留守》中走出，继续用显微镜似的文学触觉，为底层人们的精神世界把脉，并且更加圆熟和细腻。

譬如，提问方式的人称视角转换。《疼痛》一开头就是"我"的三个选择性的提问："是我的命苦还是妈妈的命苦？是我的命

259

强还是妈妈的命强？到底是我克死了爸爸还是妈妈克死了她丈夫？"在这些干净、紧凑，冲击力强的主旨性的提问中，作者已经为小说定下了反思反省的基调。《梦中的枫香》结尾，作者以第一人称的方式提问："他的伤痛到底是为谁？是母亲？还是女儿？"以及《科莫多巨蜥之吻》最后以第三人称向读者提问："谁是科莫多巨蜥？"作者不是冷冰冰地用笔墨书写令人疼痛的故事场景，也不是无病呻吟地旁观人物命运的发展，而是站在小说中人物的身边或者借小说人物之口来表情达意，时不时地提出问题，在"有我之境"和"无我之境"之间自由转换，感情饱满地和读者一起思考人物命运以及命运背后的疼痛。

再譬如，情景反差下的人物命运。小说《疼痛》中"我"生活在"山脚下的竹林，山坞中的小溪流"的小山村里，却面对着爸爸死后，母亲改嫁生下妹妹，不得不去广州打工的凄苦生活。《梦中的枫香》中张家宝老师脑海中的枫香驿："那个地方山清水秀，百鸟啼鸣，长年香气浓郁，所有的动物都像天仙一样美丽。"如此的美景，却是张家宝脑海中的想象，而事实上枫香驿有的只是他年轻时候和华梅母女的凄美爱情，这是一段痛苦回忆的烛照，景色之美，爱情之凄，读者对张家宝在爱与恨之间顿生怜悯之情。《孝子》中开头就是一幅水墨画："黑色和白色组成的画面上，黑色的瓦片、残破的土砖墙、黑色脏乱的土地、灰色的晨雾和炊烟、一长串身穿孝衣头搭白巾的人们……"作者的笔法清丽，绘景好似绘画，几笔勾勒出一幅美景。如此色彩分明的场景中，却是一群送葬的队伍，并且是一个没有孝子的葬礼。作者深入剖析农村葬礼旧习的同时，不忘用诗化的语言去写乡土之美，以至于最后作者都在以景结尾："罗小琴望着天，又看看母亲的坟头，新培的土或许正好需要小雨呢。”一场声势浩大的葬礼结束后，悲痛与伤感就被作者这寥寥几句举重若轻地化解了。作者笔法精致，在思索美好田园牧歌和诗意风光背后的暗疾，乡土生活的封闭压抑、人们思想的守旧禁锢，读者在哀其不幸的同时，增加了掩卷后的疼痛感。这种用美景衬托下的悲剧色彩，在乡土中国的文学作品中并不少见，如贾平凹、莫言、蒋子龙等作家，都在探究乡土中国下的人性美丑以及被时代洪流不断冲击的家园。但是，在小说集《疼痛》中，姚岚没有用大篇幅去描景绘情，而是采取切片似的小入口，管窥"乡土美"之下涌动的时代变迁。

再譬如，富有生活气息的细腻笔法。姚岚的文字不乖戾，没有故作深沉之感，她的文字自然，不矫揉造作，切合人物的身份，擅长细节展示，娓娓道来。《国叔》中已经快知天命的国叔突然生了一个儿子，这让读者对国叔这个人充满了阅读的期待感，姚岚并没有让读者失望，在篇幅不长的文字中道尽了国叔一生的事迹。故事的完整性在于姚岚善于把握国叔内心的心理流程，写活了这样一个从少至老都不遵循常规，倔强的外表下却渴望爱情和亲情的国叔。在小说《疼痛》里写到爸爸从外地带回来水果，我给奶奶送过去，奶奶说："奶奶不饿，留给海儿慢慢吃。但我看到奶奶咽喉往下动，她在咽口水。妈妈总是吃得好快，我还没吃完半个，她就开始削第二个。这一点，我心中非常不满。我才几岁，你怎么不学奶奶，留给我慢慢吃。"作者在这里已经表明了对妈妈和奶奶的态度，突出了二人的性格迥异，也为后文妈妈改嫁埋下了伏笔。"我"虽然对妈妈的改嫁颇有怨言，但那毕竟是疼爱自己的妈妈，她追求好的生活却又陷入了更大的困境。亲情高于一切，以至于最后我"发疯似地向她跑过去……"物质的诱惑，亲情的微妙，命运的捉弄，心理的细腻刻画，人物形象跃然纸上，让这篇小说获得了业界的肯定，被选本一选再选。而《科莫多巨蜥之吻》则以曲折的情节取胜，她在用写报告文学的全面细致的手法，剥丝抽茧地一步步写出了纵火案的真凶。在作者近乎工笔画的写作中，穿插了官场内幕，人伦情怀，权与情的纠葛，最后以科莫多巨蜥隐喻，提升了主题，引人深思。

在姚岚的小说中，她还草灰蛇线地写出了故事背后的时代。在小说《疼痛》中，母亲改嫁后因为生了二胎而被罚款，被拆房；《国叔》中国叔对下放知青安琪儿的爱恋；《梦中的枫香》中20世纪80年代的年轻已婚教师张家宝的爱情悲剧。姚岚把人物放在特定的历史背景下，尤其是在七八十年代，中国正经历着一场改革开放的洗礼，人们的思想观念都发生了翻天覆地的改变，乡土文明也受着外来文化的解构，姚岚细腻地观察到了在解构过程中人们思想的挣扎和不适，疼痛的部分原因来自乡土中国和现代文明的误差，作者悲悯于在这误差修正阶段的人们，并捕捉到了在此阶段人性的微妙变化。

姚岚说："因为不幸，才有文学。"姚岚始终在文字中去叩问不幸何来，疼痛如何消解？只是她没有给出明确的回答，也许她也在追寻，和她温热的文字一起，走向更深更远之地。

疼痛是生命的明证

——读姚岚中短篇小说集《疼痛》

何宏彦

让情节在特定的情境中自然展开，是这本书的最大特点。

特定的情境，是作者精心营造的情绪的落差与环境的差互，是故事情节与意境的交融。它让读者目光紧随、心情随内容的情感而变化；能极大地感染读者，让读者获得更多的散文化的悦读。具体说来，特定的情境是《疼痛》里一条摇头摆尾的黑狗；一瓢水泼在灶膛里扯出的松枝上，直冲上来的烟气；月亮的夜晚，摇蒲扇，打蚊子，讲故事；袖口掉出线头，抱着"我"哽咽的妈妈；不争气的眼泪；异样沉寂的山梁小路上妈妈的背影。是《梦中的枫香》里一个大大咧咧带着稚气的青年女教师；周末回去割谷插田挑粪跟老婆上床的乡村教师；把纠纷闹到校长办公室的家属们；80年代喜欢追捧浅显诗歌的年轻脑袋；张老师教华梅被"我"撞见时，脸上掠过的一抹红云；现实之外令人遐想的"枫香驿"这个地名。是《亲情》中黑妮的厮守；一个个拱到娘的瘪肚腹旁，双腿撑得笔直，使劲吸吮的小狗；唠叨的、嘴上说着"你莫总是花钱"手上却在脱鞋试穿的阿婆；马大爷心里说不清的滋味；刘奶奶的一步一回头。是《距离》中宁静的晨光；甜甜暖暖的"你早"。是《滴水之恩》中"滴水之恩，当涌泉相报"的悖谬。是《茧》中的感情漩涡；江浩写字台上那一匹正腾空而起的红色骏马；招待所送月饼、一起出差、办公室约聊的一次次精心探索，到最后谎约招待所水到渠成；难言的悲哀；还有凄婉的小诗。是《科莫多巨蜥之吻》里菜农们在自家的园地里盖起的没有规划的楼房；四条人命；百溪乡女孩子"心照不宣"的向往；小梅的日记；李商隐的《锦瑟》；安欣心里埋藏的秘密；靳来宝家的油瓟、车钥匙以及连续两次加油。是《国叔》中一心只想赚钱的不安分的国叔的累并满足着；国叔珍藏的七封信。是《憨哥》里兄弟4个都三十好几，除了三间瓦房身无长物；37岁的德生当了未婚爸爸；樊英的温顺大方、能干顾家与殷实的家；日渐情浓却不怀孕的矛盾；是三哥气病之后的不知去向；曹奶奶的聋子老伴被塌房压死；长子大爷大清早溺亡茅坑；米大妈的热心；老妈到死也没实现的愿望。是《天尽头》中人生地不熟的小黑的等待；父母对小黑混出点名堂来的希望；拥挤与随意而不缺乏时兴行业的小街；烟雾和尿臊气夹杂在一起的棋牌室；曾经的优秀学生在曾经的后进生面前矮了一截的境遇；乃至小琴的单纯、勤俭与无依无靠。是《劫持者》里秦天赐的执着……

特定的情境也是内心的意绪缘思流泻，使读者深入人物内心，不仅真实、亲切，而且形象丰满。如《疼痛》中："怎么不学奶奶，留给我慢慢吃？""我警告自己：不许哭！我是男子汉！""要是妈妈在，牵着我的手，我就什么也不怕了。""我心中难过：你为什么不留下来，不做我的妈妈？为什么不带我走？"《梦中的枫香》中："我瞬间明白了他为什么一直不要老婆来学校。""我楞了一下。怎么是跟我挤一床？""这一刻，一个男人的形象在我眼里彻底坍塌了。"《孝子》中罗小琴的思绪让回忆与现实自然流转。《距离》中自信的"我"为邻家的鸡毛蒜皮而悲悯，追求"让短暂的生命更精彩"，有时又很讨厌自己的故作高深。《茧》中看重生活细节，不看重事业的安然"心中时时升起难言的悲哀：自己这是为了什么？明明知道……为什么……""安然心中又骂自己：我怎么变得这么虚伪了？""夫妻之间的感情是凭直觉，安然有了不祥之感。"《科莫多巨蜥之吻》里县长心里不平衡："那么多人从我手里得到土地、得到水面一两年发财了；从我手上得到官位，吃吃喝喝，风风光光……我一个县长，得到了什么？"《憨哥》里德贵从"怕人家嫌我穷"，到得知樊英上环而越发气恼，到被自己心生歹念吓了一跳，又到抬棺材时的凄然，再到找瓶子的恍惚，直至最后的释然并困倦，与樊英内心的纠结一起，让情节起伏跌宕。《天尽头》中小黑从试探，紧张，到积极，到欲罢不能，最后懊悔；以及打不通小琴电话所产生的连篇反应。《劫持者》天之恋的思绪无语贯穿……这种典型西方现代主义小说的内心独白的灵活运用，细腻，深沉，能深入人物复杂的精神世界，有利于表现人物深层心理中飘浮易逝而纷乱的感触和思绪。

其次，细致的乡俗俚语，在叙述中适时点缀。"三个女人一台戏。""吃饭都塞不住嘴！""猫要买狗要拐。""龙生龙凤生凤，老鼠生儿会打洞。""女大三，抱金砖。""村头大枫树倒了"的预兆。火焰低的人能看到游魂。"赢钱怕吃饭，输钱怕天光。"《孝子》中甚至还有完整的"呼龙"！这些乡俗俚语的运用，不仅使作品馥郁斑斓，多姿多彩，丰富了文化蕴涵；而且使作品精粹生动，具有现场感，增强了表现力。

再次，一些小说悬念迭起，引人入胜。《疼痛》中"是我的命苦还是妈妈命苦？……到底是我克死了我的爸爸还是妈妈克死了她的丈夫？"《茧》的开篇"她在心里悲哀无奈地叹息……苦苦的挣扎仍走不出心的囚笼。"《科莫多巨蜥之吻》里急促的电话铃；人们对是事故还是谋杀的猜测；靳某在里面充当什么角色；《国叔》中，国叔到底有什么好事？国叔早已当了爷爷，怎么又会生儿子呢？《憨哥》一开头，"29岁的憨哥年前'嫁'给了39岁的樊英。"那包鼠药一直让读者的心悬得很高。《天尽头》："口袋是第十四次空了，小黑的心也跟着空了。"《劫持者》开头："砰——，枪声穿过京城深秋的凉气，使得这个原本热闹而安逸的黄昏，瞬间被焦躁和紧张点燃起来。"……还有那《序》，除了"催人泪下"几个字，很少提及书中内容，看完我才明白是作者的女儿从国外写来！真的是：特别的爱，写特别的序，给特别的你！

另外，书中小说形象生动，哲理朴实，发人深思。小说通过人物形象的塑造，表现了变革时期的孤儿、教师、县长、市长、警察、农村人物国叔、憨哥、工作人员罗小琴、安然、等待安置的退伍军人、萌青秦天赐、打发时光的主妇……丰富生动，各具特色。各位读者自会欣赏，我在这里就不一一分析了。

除了丰富的人物形象，小说还恰当地带给读者一些生活的哲理与思考。如《疼痛》留给人们的"疼痛"。《梦中的枫香》结尾："他的伤痛到底是为谁？是母亲？还是女儿？"《亲情》中："一家人在一起多好。"《距离》留给我们的思索：人与人，男人与女人，正常的走近，是一份温馨，却不料，那份美好的浪漫，在渐入佳境中戛然而止！无异于当头一棒。那份失落，发人深思，令人震撼：难道干部与群众间有着天然的距离?!《科莫多巨蜥之吻》里那庞大而丑陋无比的科莫多巨蜥，只要被它的唾液接触过，谁也逃脱不了死亡的命运；成蜥会毫不留情地吃掉幼蜥。这无言的残忍，使得在科莫多岛，巨蜥是无敌的。作者写道："越是无敌的东西，最后定然会濒临灭绝。人也一样，人的欲望太多，人的潜能也太大，人类的梦想在一个个实现，最终人类会走向何方?"读到结尾一句："谁是科莫多巨蜥?"不禁要问：4条人命加上靳来宝的小儿子，谁害了5个人? 究竟谁是冷血杀手?《国叔》的结尾："能干的国叔，一生折腾不已进取不息，爱情婚姻是是非非，最终也不过像老实的婶娘一样，在这块山坡上占一席之地而已。"《憨哥》中："大暴雨一下一下冲打在憨哥心头。"写出心中的焦虑暴涨。结尾："憨哥想着老妈临终前的叮嘱，忽然觉得即使有亲生的伢子，又有何用? 爸妈有四个儿子，不一样操心劳累吗?"《天尽头》的标题就容易让人联想到《红楼梦》里的《葬花词》：天下之大，无处葬我愁!"这些年，中华的传统美德确实被金钱蒙上了厚厚的灰尘，久而久之，就成了尘垢，使得那些美德越发模糊，甚至渺茫。"《劫持者》网络交友问题，结尾直接提出"这到底是社会的悲剧还是他一个家庭的悲剧"……都使读者掩卷回味。

最后，在小说中"不经意"嵌入现实内容，不仅提供人物活动的社会环境，也是对社会与人性的关注。

作者在《后记》中说："我的目光总喜欢投向那些需要人性关注的角落。"好的小说就应该源于生活，关注现实人生——其实思想才是小说的灵魂。苏珊·桑塔格说："作家的职责是让我们看到世界本来的样子，是使人们不轻易听信于精神抢掠者。"

这本小说集就为我们定格了现实生活中一个个历史瞬间——作为一个童稚时期的女"孩子王",对社会生活竟有如此细腻的体察与思考,不能不让人钦佩!

能感受疼痛,一定得有生命的体征——从这个角度说:疼痛是生命的明证。希望我们每个人(尤其是作家们)都还能有疼痛的感觉。

　　年少时，一心求变，犹如山洪咆哮，一路乱冲乱撞；及至中年之后，沧桑已阅，进入林中之潭，"虚""静"则是最好的境界。